서기향 본격탐조소설

새들은 모래를 삼킨다

도서출판
이유

서기향 본격탐조소설집

새들은 모래를 삼킨다

ⓒ 서기향, 2008

지은이 | 서기향
펴낸이 | 김래수

초판 인쇄 | 2008 년 4월 10일
초판 발행 | 2008 년 4월 15일

기획 · 편집 책임 | 정숙미

펴낸 곳 | 도서출판 이유

주소 | 서울특별시 동작구 상도1동 780-2 종현빌딩 3층
전화 | 02-812-7217   **팩스** | 02-812-7218
E-mail | eupub@hanafos.com
출판등록 | 2000. 1. 4 제20-358호

ISBN 978-89-89703-83-9 (03810)
값 · 10,000원

새들은 모래를 삼킨다

새들은 먹은 모이를 소화하기 위해, 모래를 먹는다.

인간도 새들처럼, 제 육신 안에 깃든
미움이나, 분노, 원망 같은 것들에 갇히지 말고
모래를 삼키는 새처럼 삼켜야 자유로워진다.

누구나 제 몫의 모래를 삼켜야 하는 것이 인생의 도리라……!

또 한 권의 책을 세상으로 내보내기 위해 이 글을 쓴다.

세 번째로 쓰게 된 작가의 말에 나는 끔찍스러움부터 느끼고 만다. 당연한 것이, 내 작품들은 내가 나를 물고 뜯다가 만든 흔적들이기 때문이다.

사랑과 상처, 만남과 이별, 자유와 억압, 현실과 꿈이 꽈배기처럼 하나로 엮인 이중적 삶 속에서 내 욕망의 지향점을 향해 날개를 펴고 창공을 날아보지만 더 이상 갈 수 없어 되돌아와야만 하는 터닝 포인트-한계 앞에 있는 나를 보게 된다.

사랑, 만남, 자유, 꿈을 찾아 일탈을 시도해 보는 나와, 현실이라는 일상에 짓눌려 신음하는 나, 도덕적 자아로 위장한 나와, 본성에 솔직해지고 싶은 원초적 자아를 가진 내가 허용과 금기의 경계에서 한바탕 사투를 벌이다가 만나는 것이 새다.

나는 내 한계 확장 방편의 하나로 하늘과 땅을 자유롭게 오가는 새가 되는 꿈을 꾼다. 이루지 못한 사랑, 꿈을 좇는 내 욕망의 깃털들이 허구 속 일탈의 허공에서 새가 되어 창공을 날아오를 때면 본의 혹은 타의에 의해 주고받았던 상처, 이별, 억압으로 인한 고통들이 말끔히 카타르시스 된다. 비로소 내가 살아 있다는 존재감을 확인받는다.

이 작품집에 나오는 대부분의 작품들은 그런 출생 배경을 안고 있다.

나는 이 작품집의 머리에 〈본격탐조소설〉이라는 명칭을 썼다.

　내가 알기로는 아직 우리나라에서는 해양 소설이나 농촌 소설처럼 타이틀을 달고 새에 관해 정확한 지식을 도입한 작품은 없다고 본다. 부족한 작품이지만 그래도 나름대로 자긍심을 갖는 부분이 바로 〈본격탐조소설〉이라는 명칭을 처음으로 쓸 수 있었다는 부분이다.

　소설 속에 나오는 새에 관한 자료들은 대부분 실제 탐조를 하면서 관찰을 통해 검증된 사실들이다. 그럴 수 있었던 것은 새들을 전문으로 관찰하고 사진을 찍는 일을 직업으로 삼고 있는 서정화 사진작가를 동생으로 둔 덕분이다. 실제로 소설을 쓰기 전부터 새들의 생태를 쓰는 다큐 작가 생활을 하고 있다. 만일 서정화 사진작가의 도움이 아니었다면 이 작품들은 세상에 나올 수 없었을 것이다. 지면을 빌려 고마움을 전한다.

　특별히 부족한 작품집의 평론을 맡아주신 유금호 교수님께 감사한 마음을 전하고 싶다. 또 작품 발표를 위해 지면을 무제한 허락해 주셨던 『조선문학』의 박진환 교수님과 힘들 때마다 마음을 하소연하며 흔들리고 마는 나를 다독이는 일을 마다하지 않았던 몇명 정겨운 문우들과 가족들에게도 고마움을 전한다.

2008년 봄이 오는 길목에서

새들은 모래를 삼킨다

따꺅 따꺅~ 따꺅 꺅꺅꺅…….

여자는 거실 탁자 앞에 앉아 마늘을 까면서 그 소리를 들었다. 마치 자갈돌 두 개를 잡고 마주칠 때와 흡사한 소리였다. 소리가 나는 쪽으로 시선을 던진다.

공원에는 이내가 내리고 있다. 여름내 푸른빛을 자랑하던 나무 이파리들이 갈색으로 변해간다. 이른 아침 모이를 찾아 길을 떠났던 까치들이 지난 여름 태풍이 휘몰아칠 때 가지를 꺾인 플라타너스 나무를 잠자리 나무로 삼고 있는 듯 주변으로 모여들고 있다.

새들은 제 둥지를 갖지 않는다. 알을 산란하고 부화하여 새끼를 키우는 유추기간 동안만 둥지를 필요로 했다가 스스로 모이를 찾아 먹을 수 있는 성조(成鳥)가 되면 둥지를 떠난다. 이소를 한 새들은 잠자리로 택

한 나뭇가지에 옹기종기 모여 앉아 서로의 체온을 통해 추위를 막는 집단서식을 한다는 걸 여자는 알고 있다. 날개를 수평으로 펴고 정찰기처럼 빙빙 돌던 까치 한 마리가 잠자리 나무로 삼은 플라타너스 가지에 훌쩍 내려앉는 것이 보인다. 공원 안에 있는 나무에서 서식하고 있는 까치들이 몇 마리인지 알 수 없지만 깍깍대는 소리는 한참 들려온다.

"해가 지면 새들도 제 무리를 찾아 돌아오는데……."

여자는 그렇게 중얼거리며 풍경을 바라보다가 시선을 돌리고 다시 마늘을 까기 시작한다.

남편이 화를 내고 나간 후 연락마저 끊어 버린 일주일 전의 일만 없었더라면 여자는 지금 제주도 어느 호텔에서 바다를 바라보며 행복한 시간을 보내고 있을 것이다. 여행도 무산되고 내일이면 환갑을 맞는 남편은 지금껏 전화 한 통 없다. 주인공도 없는 날 음식을 장만할 필요도 없는데 여자는 마늘을 까며 솟구치는 서글픔을 억누르려 애쓴다.

"괘씸한 것들……."

깐 마늘의 숫자가 늘어날수록 두 딸을 향한 괘씸한 마음도 부풀어간다. 하지만 그 원망마저 무슨 소용이 있으랴 생각하니 면도칼로 생살을 긋는 것 같은 쓰라린 아픔만 더해온다. 늘 그렇지만 피붙이인 자식을 향한 미움이나 원망이란 제 살 제가 뜯어먹는 일에 지나지 않는 일이란 것만 확인할 뿐이다. 용서하고 잊어버리고 말자고 다짐했으면서도 두 딸의 고약한 행위로 인한 서운함이 되새김질 된다.

아침에 복용한 약 덕분이겠지만 심장을 압박하는 근육 통증과 불안감이 현저히 약화되었다. 하루를 잘 넘기는가 싶었다. 그러나 다시 울컥 했던 마음 때문이었을까? 감정이 다시 균형을 잃고 불안한 마음이

들기 시작한다.

밤에 또 불면에 시달리지 않으려면 잠자리에 들기 한두 시간 전에는 약을 먹어두어야 한다. 여자는 플라스틱 그릇 안에 수북하게 쌓인 마늘 껍질을 헤쳐보며 남은 것이 있나 확인한다. 푸석한 마늘 껍질 사이를 여러 차례 뒤적여 보았지만 썩어서 버려야 할 것만 눈에 띌 뿐, 성한 것은 없다. 여자는 껍질을 깐 마늘이 담긴 공기를 들고 일어선다.

부엌으로 갔다. 마늘 공기를 싱크대 위에 올려놓은 후 서랍을 열고 약 봉지를 꺼낸다.

여자는 올해 육순을, 남편은 환갑이 되었다. 남편의 생일 날짜는 여자보다 하루 빠르다. 덕분에 여자는 자신의 생일을 제대로 챙겨본 적 없이 남편의 생일에 묻어 보낸 적이 더 많다.

여자는 그 남편과 딸 둘과 아들 하나를 두었다. 두 딸 모두 결혼한 것은 여러 해 전이다. 큰딸은 연년생으로 손자와 손녀를 여자의 품에 안겨 주며 할머니 소리를 듣게 했지만 싫지 않았다. 작은딸 역시 결혼을 했다. 사위가 참했다. 작은딸도 이듬해 여자에게 손녀를 안겨 주었다. 그러더니 벼락 같이 이혼을 하고 말았다. 여자가 생각하기에는 말도 안 되는 이유였다. 사위는 가진 것도, 누구에게 자랑할 만큼 내세울 무엇도 없다. 하지만 예의 바르고 심성이 순한 인물이다. 문제는 남을 이해하고 배려할 줄 모르는 이기적인 성격으로 뭐든 싫증을 잘 내며 내치기를 잘하는 작은딸의 변덕에 있었다.

"이년아, 그런 작은 불만도 극복할 수 없다면 처음부터 신중했어야지. 순진한 정 서방 꼬드겨 결혼하지 못해 안달할 때는 언제고 자식까지 낳아 놓고 멀쩡한 남자 신세를 망쳐 놓아도 유분수지. 뭐, 이혼? 벼락 맞을 년. 나는 너만 못해 너희 아버지와 한평생을 이러고 살고 있는지 알아?”

온갖 말을 퍼부어 댔다.

문제의 시발점은 친구들과 어울리기 좋아하는 사위가 술자리가 잦아지면서 늦어지는 귀가 때문이었다. 그 불평이 점차 확대되어 성격도 맞지 않고 무엇보다 가치관이 맞지 않는 등으로 이어지더니 이혼을 들먹였다. 여자는 말렸다. 그럼에도 불구하고 작은딸은 아니다 싶은 것은 확실하게 해 둘 필요가 있다면서 씹던 껌 단물 빠지면 뱉어 내듯 그렇게 일을 확 저지르고 말았다.

여자도 남편과 35년을 살며 정말 절실한 마음으로 이혼을 바랐던 적이 없지 않다. 하지만 십 수 년을 속으로 벼르기만 했을 뿐, 화가 났던 그 순간이 지나면 원점으로 돌아가곤 했다. 그렇게 여자는 엄두를 내지 못했던 이혼을 작은딸은 갈등이 표면화된 지 불과 6개월만에 후다닥 해치워 버린 것이다.

합의이혼을 한 날, 사위는 여자에게 전화를 해 마지막 인사를 하는 예의를 잊지 않았다. 부부 관계는 끝났지만 친구로 지내기로 했다는 말을 했다. 그런 사위에게 여자는 죄인이 되어 “그년 제 복 제가 털고 제 신세 제가 볶느라고 자네와 헤어진 거야……. 그저 미안하네……. 그년에게 여봐란 듯이 좋은 여자 만나 행복하게 살게.” 머리를 수그리며 달랬다.

사위와 통화를 마친 후 여자는 작은딸에게 한여름 소낙비 쏟아지듯 퍼부어 댔다.

“뭐든 제 비위 맞지 않으면 무 자르듯 싹뚝싹뚝 잘라내는 그 변덕, 네 말대로 쿨해서가 아니라 인내심이 부족해서라는 걸 왜 못 깨닫니? 이년아. 그 따위로 되먹지 못한 성질머리 가지고 어디 가서 다시 저런 착한 남자를 만나나 두고 보자.”

머리채를 휘어잡았다.

그랬지만 여자도 알고 있다. 작은딸은 겉 성정만 차갑지 속 성정은 열흘 삶은 호박처럼 무르다는 것을⋯⋯. 아무려면 장난으로 해 본 연애도 아니고 살을 섞고 자식을 낳았던 관계인데 아파도 당사자인 제 마음이 더 아프겠지 싶으면서도 다독이는 대신에 난동 굿판을 쳤던 일이 작은딸에게는 상처에 상처를 더한 듯싶었다. 작은딸은 이혼 후 여자를 찾아오는 일이 드물다. 제 상처를 다스리려면 혼자 있는 시간이 필요하겠지 싶어서 무소식을 희소식으로 알고 있다.

그렇게 작은딸은 망치고 말았지만 큰딸은 아직 별탈이 없다. 욕심이 많아 남에게 지기 싫어하는 성격이다. 여자가 보기에는 제 가진 능력보다 과하다 싶은데도 기어이 대형 평수의 아파트를 분양받았다. 그리고 그 중도금을 치르느라 그런지, 돈에 아주 눈이 멀 만큼 돈독이 올라 버렸는지 인색을 떨어대기 일쑤이다.

액수가 중요해서가 아니다. 외국인 회사에 다니는 사위의 수입은 꽤 된다. 그러나 번번이 남편의 생일에도 여자가 한번도 잊지 않고 제 자식 생일날 사다준 장난감이나 옷가지 액수만도 못한 돈을 내놓으면서 죽는 시늉을 한다. 아무리 딸자식이라고 해도 얄밉다. 언제부터 자식들이 부모의 상전이 되어 버린 그런 시대가 되었는지 몰라도 세상 모든 부모들이 자식들에게 줄 의무만 있고 받을 권리는 없다고 생각하는 것은 잘못이다.

여자는 무분별한 딸의 처신을 문제삼아 보려 해도 엄두가 나지 않는다. 부모로서 자식에게 가르쳐야 할 책임이 있다고 생각하여 한 마디 했다가 언제인가처럼 "다른 집 부모들은 자식들에게 어떻게 해 주는 줄 알아?" 대드는 바람에 온 집안이 시끄러웠던 일을 다시 재탕하는 꼴이 될까 조심스럽기만 하다. 막상 말문을 튼다고 해도 틀림없이 억울한 소리 듣는다는 듯이 불만으로 입술을 오리새끼 주둥이처럼 내밀고 앉아 있을 꼴을 보기도 싫다. 저도 일가족을 이루고 사는 성인인데 아무리 부모라고 해도 이렇게 해라 저렇게 해라 잔소리를 해보았자 잘못했습니다 하고 받아들이기보다는 모녀 사이만 나빠질 뿐 얻을 것은 별로 없을 것 같다.

막내인 아들만 제짝 찾아 맺어주고 나면, 새끼를 키우고 나면 둥지 따위는 필요 없이 창공을 훨훨 날아다니는 새들처럼 그렇게, 허공을 날아다니며 살 작정이다. 35년을 살아왔지만 남편에게 알뜰한 정이나 남은 미래 동안 특별한 날이 있으리라는 기대는 하지 않는다.

남편 또한 여자가 죽는다면 타던 향불 냄새가 미처 가시기도 전에 새장가들어 잘 살아갈 거라고 여겨진다. 여자는 내일 당장 죽음이 찾아온다 해도 아무런 미련 없이 이승을 훌쩍 떠날 수 있을 것 같다. 뇌리 속을 백지 삼아 '나 죽으면 사망 신고하기 전에 이혼 신고부터 해라. 그리고 시신은 화장을 해서 바람에 새처럼 훨훨 날려 보내라' 는 유언장의 문구를 써 본 일도 수 차례이다. 여자는 약봉지를 뜯고 약을 손바닥에 쏟는다. 세 개의 알약이 육십 해를 살아오면서 자식 셋을 키워낸 자신에게 남은 결론이라고 생각하자 왈칵 눈물이 솟구친다. 여자는 얼른 약을 입 안으로 털어 넣고 정수기에서 물을 뽑아 마신다. 눈물도 알약과 함께 목구멍을 타고 넘어가고 있다.

마늘 물이 손톱 밑으로 파고 들었는지 화끈거린다. 여자는 수돗물에 손을 씻고 소파 위에 웅크리고 앉는다. 저 혼자 떠들고 있는 텔레비전 소리마저 소음이 되어 두통을 더하는 것 같아 리모컨을 찾아 오프를 눌러 버린다. 정적이 고인다. 그 정적마저 칼날로 변해 여자를 도려내는 기분이 든다. 그 기분을 지우려 오디오를 켰다.

감미로우면서 우울한 분위기의 제임스 라스트 악단의 연주곡인 'Only Our Rivers Free' 라는 곡이 흘러나온다.

'그래, 세상은 흐르는 물처럼 그렇게 살아야 하는 거야.'

여자는 그렇게 중얼거리며 흐르는 음악의 시디를 닥터 강에게 얻어 왔던 날을 떠올린다.

지난 겨울 시인인 여자는 세 번째 시집(詩集)을 출간했다. 그 시집을 지인들에게 부치면서 초등학교 동창생이면서 그 역시 시인이기도 한 닥터 강에게 보내주었다. 닥터 강은 그 시집을 받자마자 축하 전화를 했다.

"이번 시집에 실린 시들은 김 여사의 정신세계가 한층 뚜렷하게 나타나고 성찰 또한 깊이를 더한 것 같아. 아, 나도 이 정도의 시는 쓰면서 시인 명함을 내밀어야 할 텐데 병원 일 핑계 대고……. 아무튼 축하해. 아, 그리고 시집 출간 위해 특별히 내 별장에서 축하주 한 잔 대접할 테니 사양하지 말아."

여자를 초대했다. 물론 둘만의 자리는 아니었다. 동료 시인 둘과 닥터 강의 친구라는 사람 둘이 함께 했다. 그날 별장 안 벽난로 앞에서 타들어 가던 모닥불을 앞에 놓고 함께 들었던 음악이다. 일행 중 몇이 서로 짝을 이뤄 부둥켜 안고 음악에 맞춰 춤을 출 때 닥터 강이 여자에게 술을 따라주며 물었다.

"요즘도 남편이 그렇게 미워?"

그런 닥터 강의 말에 여자는 후후훗 웃기만 했다. 그러자 닥터 강이 말했다.

"고령화 시대야. 그러다 보니 노년도 구별을 지어 부른다고 하더라. 우리 같이 막 육 학년으로 진급한 연령층을 영 올드, 칠 학년이 되면 미들 올드, 팔 학년이 되면 올드 올드. 긴 노년을 덜 외롭게 보내는 방법 중에 하나가 부부 사이가 원만한 것도 포함된다는데 김 시인도 이제는 남편과 화해 무드를 조성해 보아야 하는 것 아니야? 이젠 나이도 있고 그 동안 충분히 진지했으니 입만 열면 모두들 웰빙을 부르짖는 이 시대에 남은 인생은 두 사람이 즐기면서 좀 가볍고 유쾌하게 사는 쪽으로 우회시켜 보면 어때?"

여자는 닥터 강의 말에 대답 대신 "저 음악 참 좋네. 혼자 들으면 분위기에 푹 빠질 것 같다."고 말했다. 그러자 닥터 강이 오디오에서 시디를 빼내더니 "김 시인 가져." 하며 내밀었다. 여자는 사양 않고 그걸 받아 들고 왔다. 만나면 언제든지 소년, 소녀 같은 기분으로 돌아갈 수 있는 친구가 있다는 것이 위안이 된다.

여자는 그 음악을 들을 때마다, 닥터 강을 떠올리며 혼자 중얼거린다.

'그대 같이 부족한 것 없이, 어떻게 사는 게 멋있게 사는 것인지 아는 남자에게 전혀 반대의 성향을 가진 남자와 사는 내 고민을 털어놓는다는 것이 얼마나 비참한 일이 되는 줄 알아? 부러움이 크면 클수록 갖고 싶어지는 것이 아니라 도망치고 싶어지는 거라구.'

여자로서의 매력도 사라진 나이지만 남자의 호감이나 친절을 사랑과

혼동할 나이는 지난 것 같다. 닥터 강이 멋진 남자라는 걸 알면서도 단 한 번도 이성으로 생각해 본 적이 없다. 그것이 여자보다 10살이나 아래인 데다 다소곳하면서도 야무지기 이를 데 없어, 보면 볼수록 천상 여자구나 하는 느낌이 들던 그의 아내를 의식했기 때문만은 아니다. 어쩌면 조금은 자신을 속이는 말일지도 모르지만 여자에게 현재 필요한 것은 영육을 모두 소모해도 허기가 가시지 않는 격정적인 사랑보다 평범함 속에서 변함없이 지속될 수 있는 우정이다.

여자도 젊은 한때는 열정적인 사랑에 심취해 보고 싶다는 욕구가 없지 않았다. 또 그런 유혹이 아주 없지 않았다. 하지만 스쳐 버렸다. 이제는 젊음마저 시들어 버려 그런 꿈마저 허망하게 여겨질 뿐이다. 그런 여자에게 마음의 허기를 달래주고 언제나 변함없이 자신을 지켜주는 대상은 시(詩)이다.

닥터 강은 여자를 만나면 늘 말한다.

"이 세상에서 가장 아름다운 사람이 김 시인처럼 시를 잘 쓰는 여자인데, 왜 내가 그때 프로포즈를 안했는지 모르겠어. 사실은 딱지 맞을까 봐 미리 겁을 집어먹고 못한 걸 거야. 나 의외로 소심한 성격이거든."

닥터 강의 말이 진실이든 아니든 그런 건 상관없다. 여자는 세상이 알아줄 만한 변변한 시 한 편 없이 그저 배설 삼아 쏟아낸 시를 쓰고 있지만, 쓰지 않으면 살 수 없는 여자의 입장에서는 시인으로서의 지금 자신이 행복하게 느껴진다.

여자의 남편은 부부동반으로 닥터 강 부부와 식사를 한 번 같이 한 후로는 곧잘 심술을 부리곤 했다.

"시 쓴다고 온갖 고상한 척은 다 하는 것들 말야. 그리움이 어떻고 사랑이 어떻고 이놈, 저년이 어울려 다니면서 눈 맞아 화냥질은 안하고 다니는지 알 게 뭐야."

같은 행위에 대해서도 어떻게 해석하고 표현하느냐에 따라서 미추(美醜)가 달라지는 법이다. 그것이 여자가 보기에는 어떻게 해 볼 도리 없는 남편의 한계이기도 했지만 의도는 여자를 약 올려 기를 죽이느라 일부러 그런 말을 하고 있다는 것을 알고 있다. 못들은 체하려 애쓰면서도 번번이 모욕감으로 피가 솟구친다.

그뿐만 아니라 술에 취한 날, 여자와 말다툼이라도 하게 되면 그때마다 내뱉는 한두 마디 거친 욕설에는 딸들마저 질색한다. 다음날 딸들이 남편에게 눈을 동그랗게 뜨고 항의를 했다.

"아빠, 왜 요즘 엄마에게 그렇게 무식하게 욕해?"

남편은 처음에는 "내가 무슨 욕을 했다고 그래?" 잡아떼다가도 간밤 주정 같던 심통이 그때까지도 풀리지 않은 모양이다.

"창녀들 상대로, 취객들 상대로, 나는 없다. 간 빼고, 쓸개 빼고, 해장국 팔고, 술 먹고 그냥 튀는 것들 멱살잡고 흔들어가며 한푼이라도 더 벌어보겠다고 발버둥 치다 보니 입마저 험해지고 말았나 보다. 그래서 나만 따돌려 놓고 귀신 씨나락 까먹는 소리 같은 말로 온갖 고상을 떨어대는 네 에미와 짜고 한 통속이 되어 욕하는 네 애비 우습게 알기로 작당했냐?"

푸념 반, 억지 반인 말로 비꼰다.

그런 후부터다. 여자에게 여윳돈이 있으면 바람을 피운다면서 생활비가 부족하지 않을 정도의 돈만 던져주었다. 여자는 어이가 없었지만 더 힘들 때 직접 벌어가면서도 살아왔는데 그렇다고 밥을 굶기겠나, 그까짓 돈 안주면 말지 하며 눈도 깜짝하지 않는다. 여자가 그럴수록 남편 또한 도를 더해 수입의 대부분을 자신 명의의 통장에 넣고 여자에게는 얼마가 들어 있는지조차 비밀로 한 채 움켜쥐었다.

35년간 해온 결혼 생활이었지만 여자 앞으로 되어 있는 것은 아무것도 없다. 그렇다고 자식을 셋이나 낳아 놓고 작은딸처럼 가치관 차이 운운하는 이유를 들어 이혼을 할 엄두는 내지 못한다. 페미니스트이니 남녀평등 같은 말을 하는 여자는 집 밖의 여자고, 집 안의 여자는 그저 발이 땅에 닿지 않을 만큼 허공을 걷고 있는 느낌에 허우적거리며 외로움을 숙명처럼 한쪽 가슴에 안고 살고 있다.

그 남편이 여자와 다투고 집을 나간 지 일주일째이다. 더구나 이틀 후는 남편의 환갑날이다. 남편의 환갑을 한 달 남짓 남겨 놓은 즈음에 여자는 두 딸을 불러 놓고 말했다.

"너희 아버지 일생에 단 한 번 있는 환갑인데 자식이 되어 그냥 보내는 것은 도리가 아니잖니? 환갑이라고 해도 요즘 풍조가 잔치 같은 것 하지 않고 나도 그럴 마음은 없다. 그냥 네 아버지 서운하지 않게 엄마와 하다 못해 제주도라도 여행을 다녀와야 할 것 같아서 하는 말인데 그 비용 다 대라는 소리는 아니다. 작은애 사정 뻔하니 큰애 네가 비행기 티켓만이라도 마련해 드려라. 기분 문제잖니?"

여자의 말에 큰딸은 50만 원을 들어 여행권을 예약했다. 그 여행을 열흘 앞두고 남편이 여자와 다투고 말았다. 원인은 믿고 가게를 맡겼던 종업원 한 명이 적잖은 돈을 착복하고는 감쪽같이 종적을 감춰 버린 사건 때문이었다.

급할 때는 임금이 싸고 금방이라도 구할 수 있는 조선족들이 있기는 했으나 일손이 깔끔하지 못하다. 거기다 언어가 통하다 보니 정보가 빠삭해 순진하게 보았다가는 되레 당하기 십상이다. 무엇보다 겨우 일을 가르쳐 놓으면 한푼이라도 더 주는 곳을 알아내 튀기를 잘해 믿을 수 없다. 좀 비싼 임금을 지불하더라도 숙련된 고급 일손이 필요하다. 애써 구한 종업원이 적지 않은 돈을 착복해 자취를 감추어 버렸으니 발등에 불이 떨어진 지경이다. 당장은 여자라도 구멍이 나 있는 일손을 대신할 수밖에 없다.

남편은 현재 유흥가가 밀집해 있는 S시장 안에서 제법 큰 규모의 해장국집을 하고 있다. 처음 가게를 낸 것은 10년 전이다. 아이엠에프 때 남편이 다니던 중소기업이 부도가 나고 말았다. 남편은 실직자가 되어 집안에 박혀 지냈다. 그때 두 딸은 고3과 고2 입시생이었다. 하지만 남편의 실직으로 아이들은 다니던 학원마저 끊어야 할 만큼 사정이 절박했다.

결국 여자는 처녀 때 배운 피아노 실력을 밑천으로 이 집, 저 집 떠돌며 아이들을 가르치는 일을 했다. 다른 집 아이들은 어머니가 족집게 가정교사를 찾아다닌다, 아이들을 차에 태워 이 학원, 저 학원 데려다주며 입시 치다꺼리로 하루가 간다는 말을 입에 달고 있었지만 여자는 아이들을 그냥 방치했다.

여자는 겉으로는 무심한 척하면서도 속으로는 마음이 얼마나 아팠는지 모른다. 그 바람에 큰딸은 본인이 원했던 곳보다 떨어지는 대학에 들어갔다. 작은딸 역시 수도권에 있는 전문대에 들어가는 결과를 낳았다. 그 일이 두 딸들에게도 고스란히 삭혀 버리기 힘든 앙금으로 남았다. 그렇게 두 딸마저 희생시켜가며 이리 뛰고 저리 뛴 결과 조금 모아진 돈에 친척들에게 빌린 돈을 합쳐 남편에게 작은 해장국집을 차려주었다. 유흥가 주변인 만큼 남편의 장사는 잘 되었다. 개업 2년만에 빚을 갚고 서울 근교 수도권에 있는 허름한 단독주택이나마 전세를 끼고 내 집을 마련했다. 그리고 최근에는 가게를 한 층 더 확장했다.

가게로 나가 보니 남편은 짬짬이 가게를 비우고 골프를 치러 다닌 모양이었다. 그런 틈이 종업원들로 하여금 긴장을 풀게 해 구입한 재료를 이 구석 저 구석에 박아 놓고 썩혀 버리는 등 낭비도 적잖았고, 소주나 기타 물품을 구입한 경우에는 10박스 값을 치르고도 실제로 한두 박스 적게 들어왔던 것도 모르고 있었다.

그런 데다 믿었던 종업원은 바다이야기인지 뭔지 하는 성인게임에 빠져 돈을 날리던 중, 급기야 가게 돈에 손을 대기에 이르렀고 액수가 커져 갚을 능력이 없어지자 온다간다 말도 없이 도망쳐 버린 것이다. 여자는 가게에 나가 그런 문제점을 파악해 내고 종업원들을 다그쳤고 도망친 종업원을 수소문해 찾아냈다. 가게는 어차피 사람을 필요로 하기에 찾아낸 종업원에게 다시 일을 하되 당장은 먹고 살아야 하니 월급의 반만 가져가고 반은 차압하는 조건을 제시했다. 종업원으로부터 그렇게 하겠다는 약속을 받아냈다.

그 와중에 부아가 치민 여자가 남편에게 퍼부어 댄 잔소리가 지나쳤는지, 남편의 자존심을 심하게 건들어 버린 모양이다. 남편이 감정을 폭발하고 말았다.

"그럼 나는 없어져 줄 테니 잘난 네가 다 알아서 해."

남편은 한 마디를 푹 내뱉고는 나가 버렸다. 휴대 전화 전원도 끊어 놓았다.

밤만 되면 번쩍이는 네온사인이 불야성을 이루고 쿵짝대는 소리가 귀를 먹먹하게 하는 골목은 인파로 채워진다. 그 속에는 빡빡 깎은 머리에 검은색 양복을 차려 입은 험상궂은 인상의 조폭들도 있다. 밤이 깊어가고 골목을 배회하는 사람들의 휘청거리는 발걸음 수가 늘어가기 시작하면 어디서인가는 유리창이 깨지고 집기가 부서지는 소리에 이어 "야, 씨발 좆같은 놈들아 때려 봐라, 죽여 봐라, 사람 살려!" 하는 고함과 함께 얼굴이 피투성이가 된 청년이 길바닥에 쓰러지고, 후다닥 튀어 달아나는 사람들 뒤를 순찰차가 요란한 사이렌을 울리며 쫓아가기도 한다. 짧았던 인생 여정에 그들 모두 가슴에 무슨 사무친 원한이 그리 많아서 길 가던 누구인가가 제 눈에 거슬렸다는 이유만으로 시비를 붙고 골절 손상에 피투성이가 되는 싸움을 자청하는 투사가 되는지 이해할 길이 없다.

그 밤이 깊어가면서 새벽이 되면 초저녁에는 멀쩡했던 아가씨들이 토사물이 묻어 있는 티셔츠 아래 미니스커트 사이로 팬티가 보이도록 가랑이를 벌린 채로 사내와 뒤엉켜 길바닥에 벌렁벌렁 나자빠져 있는 꼴을 보는 일도 허다하다. 심지어 만취 상태에서 남자를 두들겨 패는 여자에게 얻어맞고 엉엉 우는 남자도 있다. 뉘 집 아들딸들인지 부모가 저 꼴을 본다면……. 볼 때마다 속이 울렁거리는 요지경 속 시장 거리를 오간다. 여자는 그런 시장 안을 오갈 때마다 자신도 모르게 한숨이 깊어간다.

'이렇게 못 볼 꼴을 적잖이 보아오면서 살아온 대가가 고작 이런 것이라니…….'

허망하기 그지없다. 얼마나 궂은 팔자를 타고났으면 힘든 일을 늘 도

맡아 하면서도 남편과 자식들에게 인사는커녕 원망을 듣는 일까지 감수해야 하는지 알 수 없다.

여자의 입장에서는 어쩔 수 없어 냉정을 가장하고 있다 해도 내심 자식들만은 나서서 집 나간 아버지를 찾아내 집으로 돌아오도록 해주길 바랐다. 그러면 여자도 못 이기는 체 남편을 탓할 마음이 없었다. 그러나 여자가 내심 바란 것과는 달리 두 딸을 통해 들은 말은 너무나 충격적이었다.

"엄마도 아버지하고 맨날 그렇게 싸우면서 잘 되었네. 우리 때문에 억지로 살고 있다는 핑계대지 말고 이혼해. 황혼이혼 흔하잖아. 어차피 엄마는 자식이나 남편보다 시인들과 어울리는 것을 더 좋아하고 엄마 밥은 시(詩)잖아."

두 딸 모두 결혼해서 제 자식을 낳아 키우고 있다. 그런 만큼 부부 생활의 애환이란 게 매일 참기름 냄새만 나지 않는다는 것 정도는 알 것이라 여겼다. 또 저희들도 여자이니만큼 어미 심정을 헤아릴 것이라 믿었다. 그랬는데 아무리 이혼이 흉이 아닌 시대에 살고 있다지만 자식이 들어 어미의 인내를 그렇게 빈정대고 마는지 배신감에 현기증마저 핑 돌았다.

여자가 십 수 년째 속으로는 이혼을 꿈꾸면서도 그걸 현실화시키지 못한 것은 자신이 자라온 성장 배경 때문이다. 여자는 9살 어린 나이로 어머니를 세상에서 아주 떠나보내야 하는 슬픔을 겪었다.

아버지는 초등학교 교사였다. 어머니는 몇 년을 시름시름 앓다가 결국 돌아가셨다. 젊은 나이에 홀아비가 된 아버지는 어머니를 보낸 지 3년만에 같은 학교에 교사로 있던 지금의 계모에게 처녀장가를 들었다.

계모는 시집을 때 피아노를 가져왔다. 여자에게 피아노를 처음 가르쳐 준 사람도 계모였다. 계모는 여자를 구박하지는 않았다. 하지만 천성이 쌀쌀맞았던지 생모를 통해 받았던 따스한 정을 느끼지 못했다.

계모에게서 느껴지는 냉정함이 여자를 모든 면에서 늘 위축시켰다. 여자가 눈을 감으면 생모가 박꽃 같은 모습으로 '아가야, 아가야' 부르곤 했다. 반가움에 눈가에 눈물을 그렁그렁 매달고 '엄마' 하고 부르며 달려가면 무엇 때문인지 생모는 놀란 듯 여자를 내치고 어디론가 사라져 버리고 휑한 바람만 그 자리를 대신했다. 꿈속에서조차 여자를 버리듯 사라지고 마는 생모에 대한 한맺힌 그리움을 지울 길 없던 나머지 가슴속은 무엇을 해도 늘 허기가 가시지 않았다. 여자는 사춘기 내내 그 허기와 싸우느라 많이 힘들었다.

남편은 여자에게 첫 남자였다. 여자가 여고를 졸업하고 집에 있던 스무 살 무렵에 남편을 처음 보았다. 뜨락의 자귀나무가 명주실 같은 꽃을 만개하고 있던 그 무렵이었다. 남편은 아버지가 근무하던 학교의 제자였고 군인 신분이었다. 훈련을 마치고 자대배치를 받아 가는 길에 인사차 들렀다는 말을 들은 것 같았다.

그 두 사람이 소파에 마주 앉아 찻잔을 사이에 두고 있던 시간은 20분 남짓이었다. 군복차림으로 자귀나무 앞을 지나 뚜벅뚜벅 걸어가는 낯선 청년을 여자는 창을 통해 훔쳐보았던 기억이 생생하다. 그때 받은 첫인상이란 여자가 막연하게나마 그려보곤 했던 남성상과는 달랐지만 이목구비가 뚜렷한 것이 남자답게 참 잘생긴 얼굴이라는 생각을 잠깐 했다.

그런 어느 날 뜻밖에도 자귀나무 밑을 지나가던 잘생긴 그 군인이 여자 앞으로 편지를 보내왔다. 어린 나이에 너무 일찍 외로움을 알아버린 탓이었을까. 자신에게 정을 보여주는 사람이 있다는 것이 싫지 않았다. 그래서 여자도 편지를 보냈고 사이가 진전되어 서너 번 면회를 갔다. 세월이 흘러 남자는 제대를 했다.

남자는 여자에게 프러포즈를 했다. 남자의 집은 형제가 8남매나 되었고 형편은 손님이 와도 콩 한쪽도 내놓을 게 없을 만큼 가난했다. 아버지는 제자였지만 남자를 사윗감으로 그다지 내켜하지는 않았다.

여자는 내색은 하지 않았지만 늘 어렵게만 여겨지던 계모로부터 벗어나고 싶다는 충동을 느끼곤 했었다. 어쩌면 그 결혼의 50퍼센트는 그런 심리가 작용했을 가능성이 높았다. 남자의 조건 같은 것은 전혀 문제삼지 않고 여자는 첫 남자였던 지금의 남편에게 자신의 인생을 맡기기로 했다.

그러나 살아보니 남편과 여자는 너무 맞지 않았다. 찢어지게 가난한 집안에서 자란 남편의 형편상, 인생에 있어 중요한 것은 먹고사는 일과 관련한 현실적 문제들이고 돈이었다. 그렇게 각박했던 현실이 다른 곳에 눈을 돌릴 여유를 주지 못한 탓이었을까. 그 시절 아무나 칠 수 없었던 피아노를 치고 시를 읽고 쓰며 뜨락의 나무와 꽃들을 바라보며 꿈을 꾸는 일로 성장기를 보낸 여자에게는 결혼 생활 또한 계모를 엄마라고 부르며 살아야 했던 사춘기적 못지않게 고달프기만 했다. 그래도 계모 밑에서 자라는 자식의 아픔을 누구보다 잘 아는 여자인지라 희생을 감수하면서도 참아온 결혼 생활이다.

그랬는데 이제 와서 딸들로부터 자식 탓으로 돌리지 말고 이혼을 하라는 말을 듣게 되다니! 기가 막히다. 그런 데다 사흘 전 큰딸이 전화를 해 헤헤거리며 하는 말은 더욱 가관이다.

"엄마, 오늘 비행기 티켓 해약하고 환불받았으니 그리 아세요."

그 말을 듣는 순간 여자는 강한 둔기로 뒤통수를 얻어맞은 듯한 충격에 이어 등줄기가 섬뜩해지기까지 했다.

"아니, 그 여행 부모를 위해 마련한 것이면 구워 먹든 삶아 먹든 내가 알아서 하게 두지 않고 그 돈이 그렇게 아까워서 잘 되었다는 듯이 예약 취소에 환불을 해?"

소리를 버럭 지르는 것과 동시에 피가 머리끝으로 솟구치며 온몸에서 힘이 쭉 빠져나갔다. 집 나간 아버지를 찾아보는 시늉이라도 하는 것은 고사하고 젊은 것이 그까짓 돈 50만 원이 그리도 아까웠는지 환불을 받았다면서 헤헤거리는 짓거리가 천박하다 못해 징그럽기까지 하며 온몸이 오싹했다.

하루를 꼬박 자리에 누워 있었지만 한 숨도 자지 못했다. 급기야 온몸이 누구에게 얻어맞은 것처럼 아프면서 심장이 뛰고 심한 압박감이 들며 이마에서는 식은땀이 줄줄 흐르기 시작했다. 이러다가 꼭 죽겠구나 싶었다.

견디다 못해 평소 속을 터놓고 지내는 후배 소설가와 수다라도 좀 떨고 나면 나아질까 싶어 전화를 했다. 창피를 무릅쓰고 두 딸에게 당한 일을 말했다. 그러자 후배 소설가가 후후 웃더니 뜬금없이 이런 말을 물었다.

"캥거루족 아세요?"

"캥거루족? 나 몰라. 그게 뭔데?"

"이른바 부촌이라는 강남 쪽에 살 만하다는 우리 중년들 말이에요.

자식들 때문에 속 썩고 사는 사람들 수두룩하다네요. 이 학원, 저 학원 태워다 주느라고 운전기사 노릇으로 12년 보내고 대학에, 어학연수에, 유학에, 공부시킨 후 요즘 같은 때 언제 제 힘으로 벌어 집을 사겠냐 싶어 아파트까지 사서 결혼시키는데요. 자식들은 부모 돌아가시면 그 재산도 내 것 될 텐데 모을 필요가 뭐 있냐. 번 돈으로 명품 옷이나 사 입고 직접 해서 먹는 밥보다 고급 레스토랑 돌아다니며 먹고 흥청망청 살다가요, 제 새끼들 학원비 낼 때 되면 맡겨 놓은 돈 찾아가는 것처럼 부모에게 당연한 듯 손 벌린다네요. 그러다가 사 준 집까지 다 말아먹고 부모들이 사는 집으로 기어들어와 어미 캥거루 주머니에 들어 있는 새끼 캥거루처럼 얹혀 사는 족속들을 일컫는 말이래요. 거기에 비하면 훨씬 낫지요.”

“나은가?”

여자로서는 별로 위로가 되는 말은 아니었다.

“아무튼 그 후유증인 것 같은데 그냥 마음이 불안하고 사람 만나는 게 겁이 나면서 온몸이 얻어맞은 것처럼 아프더니 잠도 안와.”

여자는 말을 하면서도 몸이 땅속으로 꺼져 들어가는 기분이었다.

“불안감이나 대인기피 증세가 나타난다면 울증일 가능성이 높은데…….”

“그런 것 같아.”

“그럴 때 치유 방편의 하나로 교회에 가보는 것도 괜찮을 텐데. 김 시인님은 불교 쪽을 선호하는 편이니 권해보았자 아닐 것 같고, 어쩌죠?”

“어쩔 도리가 있겠어? 그냥 시간이 약이다 생각하고 견뎌봐야지.”

“아니예요. 그렇다고 속수무책으로 속만 끓이는 것보다는요, 정신과

병원에 가서 면담을 하고 약을 먹으면 한결 나아질 수 있어요.”

“그래도 정신과는 좀 그러네.”

정신과라는 말에 쉽사리 내켜하지 않는 기색을 보이자 후배 소설가가 말했다.

“요즘 약이 좋아서 중독성도 없고 금방 도움이 되니까 꼭 병원에 가보세요. 아, 그리고 김 시인님 속상한 이야기로 작금의 현실을 개탄하는 소설 한 편 만들어 봐야겠다는 생각이 드네요? 후후후……”

“그래, 내 이야기 소설 맞지? 아닌 게 아니라 지금 내 이야기가 현실이 아니라 다른 누구의 소설 속에서 읽었던 것이라면 좋겠네.”

여자도 마음에 없는 헛웃음을 후후거리다가 통화를 마쳤다.

정신과병원을 찾았다. 아무리 의사 앞이라지만 딸자식들의 괘씸한 소행을 그대로 말하기가 부끄러웠다. 자식들에게 못볼 꼴 숱하게 보고 버림을 당한 할머니들도 남편 흉은 봐도 자식 흉은 속에 묻고 만다더니 여자도 그랬다. 정신과의사와 면담을 하는 동안 9살 어린 나이로 어머니를 잃었을 때의 충격과 그 후의 외로움과 남편과 살아온 이야기를 쭉 하면서도 최근 딸들이 여자에게 보여준 이야기는 빼버렸다.

의사는 여자에게 현대인의 정신병리적 특징 중에 하나가 관계불확실성, 불안과 고독에 시달리는 일이라고 했다. 여자의 경우 어린 나이에 어머니를 잃은 충격이 무의식 속에 잠재되어 있다가 전혀 엉뚱한 장소에서 엉뚱한 문제로 표출되는 경우가 종종 있었을 것이라고 했다. 그래서 가만 생각해 보니 남편과 다툰 날이나 뭔가 좋지 않은 문제가 생긴 날이면 여자는 자신도 모르게 꿈속에서 ‘아가야, 아가야’를 부르다가 사라져 버리는 어머니를 뒤쫓아가곤 했다. 그러다가 어느 순간 무당이

죽은 사람의 혼을 제 육신 안으로 불러들이듯 여자 또한 자신의 몸 안으로 어머니의 혼령을 불러들인 듯 자신이 어머니로 변해 있는 느낌을 여러 번 경험했다.

의사는 현재 여자에게 나타나고 있는 불안, 근육 통증, 불면 같은 증세들은 울증 증상이라고 했다. 의사는 여자에게 처방전을 주면서 약을 복용하면 증상을 완화시켜 생각이 단순화되고 불안감을 해소시켜 잠을 잘 자게 해주며 근육 통증도 없어질 것이라고 했다.

조금 전 먹은 약 기운 덕분이리라. 무엇인가가 짓누르는 듯 기분 나쁜 느낌과 불안감이 한결 가셨다. 약에 의존한 것이기는 해도 불안과 불면에 시달리는 고통 없이 잠들 수 있다는 것만으로도 살 것 같다. 약을 먹은 후 두어 시간을 뒤척이다가 자정 무렵에 잠이 들었다.

다음날, 남편의 환갑날이다. 집에는 여자 혼자 있다. 기가 막히다. 여자는 수첩을 찾는다. 남편과 가깝다고 생각한 친구 집과 거래처에 차례로 전화를 넣어본다. 그러나 모두들 하나같이 금시초문이며 그런 사정이 있었는지조차 모르고 있다.

'이 나이에 이게 무슨 꼴인지…….'

여자의 눈에서 눈물이 흘러내린다. 여자는 눈물을 훔치며 서재로 들어간다. 불과 열흘 전만 해도 사방에 책이 있는 이 방이 여자에게는 황폐한 현실을 견디게 해주는 영혼의 초원 같았다. 하지만 지금 이 순간만큼은 남편이 곧잘 "나 시인입네 하는 것들, 말은 다 번지르르하게 하지만 알고 보면 허깨비 같은 것들"이라고 비난을 일삼던 말마저 자신의 탓으로 여겨진다.

여자는 속으로 평소 남편을 속물이라 비웃을 때도 많았지만 단순한 그만큼 위선 없이 안팎이 동일한 사람이라는 걸 알고 있다. 반면 여자는 틈만 나면 현실을 슬쩍 빠져나가 산속 누구인가가 파놓은 작은 구멍 같은 내면으로 들어가 실체 없는 감성의 나무들만 심곤 한다. 최근 며칠은 그런 자신이 남편의 비난대로 허깨비 춤을 추고 있거나 아니면 위선자 같이 여겨진다. 여자는 허공에 시선을 던지고 자신에게 진짜로 필요했던 것은 무엇이었나를 묻는다. 자신에게 주어진 현실을 부정하며 실체 없는 감성의 나무를 파종하는 일로 자신을 위안 받고자 했던 그 시각, 두 딸들에게 따스한 가슴으로 정을 키우는 법을 가르쳤더라면……. 남편에 대한 부정적인 생각을 하던 그 시각에 웃음 한 번 더 건네주었더라면 오늘 이런 문제로 아파해야 할 일은 없었을지도 모른다는 생각이 든다.

'모두 내 탓이야.'

여자는 한참을 문지방에 기대어 자책을 하다가 몸을 돌린다.

남편이 없는 환갑날이었지만 미역국이라도 끓여 두어야 할 것 같다. 싱크대를 열고 마른 미역을 담아둔 봉지를 찾아낸다. 바가지에 수돗물을 받아 미역을 담근다. 물기를 머금은 미역은 잠시 후 빳빳했던 몸을 풀고 부들부들 풀어진다. 그 미역국이 끓고 싸늘히 식은 다음에도 남편은 집으로 돌아오지 않고 있다.

남편에게서 전화 연락이 온 것은 저녁때였다. 무엇 때문에 사방에 집 나갔다고 광고해 망신을 주느냐고 대뜸 목소리를 높인다. 여자가 무어라 한 마디 거들 사이도 없다. 친구들과 한잔 하고 가게에서 자고 내일 집으로 들어가겠다는 말을 하고는 전화를 끊어 버린다. 연락을 준 것만도 고마운 나머지 얼른 전화기를 내렸다가 다시 큰딸에게 전화를 했다.

"아버지에게 연락이 왔다. 환불받은 그 돈은 가게로 가서 드려라."

하지만 큰딸은 되찾은 돈을 다시 뺏기는 기분이 들기라도 했었는지 통명스럽게 "알았어요." 라고 한 마디를 내뱉고는 꿀 먹은 벙어리 행세를 한다. 여자는 잠시 잊고 있었던 괘씸한 마음이 다시 되살아나는 기분에 더는 말을 않고 전화를 끊고 만다.

남편이 집으로 온 것은 다음날 오후였다. 여자는 "왔어요?" 한 마디만 했다. 남편은 옷을 벗자마자 씩씩대며 말한다.

"어제 저녁 큰애가 오더니 잔뜩 부은 얼굴을 하고 거지 적선하듯 봉투 하나를 카운터에 내던지더군. 그래서 나, 그 안에 든 것 돈이면 도로 가져가라 했소. 내참 더러워서……."

여자는 가라앉았던 화가 다시금 치밀어 오른다. 당장 큰딸에게 전화를 한다.

"너 정말, 보자보자 하니까는……. 넌, 그 돈이 그렇게도 아까웠어? 그래 이 시간 이후로 너하고 나, 모녀지간을 끊자. 다시는 내 눈앞에 나타나지 마라."

남편은 그 사이에 방으로 들어가 자리에 누워 있다. 사무치는 회한에 잠긴 듯 눈을 감고 깊은 한숨을 내쉰다. 그 모습이 전에 없이 측은해 보인다.

'이게 모두 당신과 내가 자식들에게 본이 되지 못하고 삐걱대며 살아온 잘못이고 자식들에게 가르쳐야 할 것 못 가르치고 헛살아온 결과이지 뭐겠수.'

여자는 방문을 닫고 나와 서재로 들어가 소리 죽여 운다.

그날은 여자의 생일이었지만 전날 남편을 기다리며 끓여 놓은 미역국에 밥 한 숟갈을 말아서 먹는 둥 마는 둥 보낸 상태이다. 배가 고팠지만 입맛이 돌지 않는다.

'저이는 저녁을 먹은 거야 아니야?'

밥을 차릴지를 물어보려던 참인데 안방에서 누워 있던 남편이 문득 무엇이 생각났는지 상기된 표정마저 짓고 거실로 나온다. 수화기를 집어 들더니 소리를 질러댄다.

"오늘이 너희 엄마 생일인 것 알고 있냐? 뭐, 엄마가 나타나지 말라고 해서 무서워서 못 갔다고? 그걸 지금 말이라고 하고 있어? 애비야 그렇게 보냈다고 쳐도 엄마에게까지 너희들이 그러면 사람 아니지. 당장 오너라."

남편의 그런 호통이 아니었다면 끝내 누구도 나타나지 않았을지 모른다. 한 시간 간격을 두고 차례로 큰딸 내외와 작은딸이 왔다. 하지만 생일축하는 고사하고 집안은 고함 소리만 나돈다. 큰딸에 사위까지 눈을 똑바로 치켜뜨고 우리가 뭘 그렇게 잘못했냐고 대들기까지 한다.

"엄마하고 아버지가 싸우지만 않았어도, 또 아버지가 집을 나가지만 않았어도 이런 일은 없었을 것이고 엄마 생일까지 포함되어 있던 그 여행 계획을 애당초 망쳐 놓은 것은 아버지셨잖아요."

겉으로 드러난 사실은 그렇지만, 속에 담긴 진실은 그게 아니라는 것을 딸들은 생각하지 못하고 있다. 그 말에 남편이 여자를 보고 말한다.

"남편은 개밥에 도토리로 알고 자식이라면 벌벌 떨며 살더니, 고작 이런 대접을 받으려고 그랬어?"

여자는 할 말이 없다.

"너희들이 진심으로 미안해 하면 없던 일로 치고 같이 밥이라도 먹으

렸더니 안되겠다. 너희들 지금 당장 늬들 집으로 가거라.”

남편은 두 딸과 사위가 벗어놓고 들어온 신발 속에 온기가 사라지기도 전에 쫓아내 버린다. 두 딸과 사위가 갔다. 잠시 후 지방에서 장기 출장중이던 아들이 휴대 전화로 “엄마, 여행 즐거우세요?” 하고 묻는다. 여자는 “응. 그래 즐겁다. 잘 보내다 갈 테니 걱정 말고 일 잘 보고 돌아와라.”고 말한다. 그런 통화를 하고 있던 사이 남편은 안방으로 들어가 침대에 누워 버렸다. 기분이 좋지 않은 날은 말을 해보았자 감정만 더 엉키고 엉뚱한 방향으로 가기 십상이다. 나갔던 사람 제 자리 찾아 돌아왔으니 그냥 유야무야 하면서 내일 일은 내일 되어서 그 순간 부딪쳐 오는 대로 대처해 나가면 되겠지 하고 마음을 다스려 본다.

잠이 든 줄 알았던 남편은 혼자 무슨 생각을 했던지 손에 뭔가 잔뜩 쥐고 다시 거실로 나와 탁자 위에 툭 던져 놓고는 말이 없다. 여자가 살펴보니 그것들은 몇 개의 저금통장이다.

“이걸 왜…….”

여자가 의아한 시선으로 쳐다보자 남편이 입을 연다.

“당신, 앞으로 나 없어도 저런 자식들만 믿고 살 수 있겠어?”

“…….”

“ 자식 다 소용 없어. 우리는 아무리 어려운 환경에서 자랐어도 부모 함부로 대하지 않았던 것 같은데…….”

여자는 긍정도 부정도 할 수 없는 심정으로 듣고만 있다.

그러자 남편이 탁자 위에 던졌던 저금통장을 손으로 가리킨다.

“이건 큰애 아파트 입주할 때 마지막 분양금 넣어주려고 묶어 두었던 돈이고, 이건 혼자 사는 둘째, 가게라도 하나 차려주어야 할 것 같아서

묶어둔 돈이고, 이건 막내 장가들일 때 결혼자금 하려고 묶어둔 돈들인
데…… 다 소용없어. 암만 생각해 보아도 전부 풀어야겠어. 저런 자식
들인 줄 모르고 믿고 이제껏 고생만 한 당신, 이 돈 모두 풀어 이 낡은 집
처분하고 근사한 서재를 꾸밀 수 있는 아파트나 사서 들어가 편히 살다
가. 경치가 그만인 서울 근교인데 인테리어 잘 되어 있는 괜찮은 아파
트 하나 봐 두었으니까 내일이라도 가보고 마음에 들면 당장 계약하라
구. 그리고 이사갈 때 이 고물 살림살이들 모두 버리고 당신 사고 싶은
걸로 전부 바꿔. 그리고 앞으로 얼마나 돈을 더 모을 수 있을지 모르겠
지만 혹시 내가 먼저 죽더라도 절대로 자식들 돈 주지 말고 죽을 때까지
꼭 쥐고 있으라구.”

“집 나가 궁리한 것이 그것이었어요?”

“차를 끌고 이리저리 돌아다니는데 작은 절이 하나 보이더라구. 올라
갔지. 절 마당에 앉아 숲을 바라보는데 새들이 마당으로 내려와 부리로
뭔가를 쪼는 거야. 모이를 찾아 먹는 줄 알았는데 가만히 지켜보니 모
래를 먹고 있더라구. 그때 스님이 지나가다 그걸 지켜보고 있는 나를
보고 다가오더니 그런 말을 하더군. 새들은 제 먹은 모이를 소화하기
위해 모래를 먹는 거라고. 그리고 다시 우리 인간도 저 새들처럼 모래
를 삼켜야 한다고. 우리 육신 안에 깃든 미움이나, 분노, 원망 같은 것들
에 갇히지 말고 모래를 삼키는 새처럼 삼켜야 자유로워질 수 있다
고……. 누구나 제 몫의 모래를 삼켜야 하는 것이 인생의 도리라
고……. 그 말을 듣고 나서 다시 가만히 새를 보고 있는데 먹고 살기 위
해서라는 이유로 수신제가가 엉망이 되어 버린 내 초라해진 모습도 보
이고 문득 새처럼 모래를 삼키고 있는 당신 모습이 보이는 거야. 모래

주머니도 없이 그걸 삼키고 삭이느라 힘들어 하는 당신이……."

남편의 말에 여자는 자신도 모르게 눈시울을 적시고 있었다.

"미움이나 분노, 원망 같은 것들에 갇히지 말고 모래를 삼키는 새처럼 삼켜야 자유로워질 수 있다는 당신 말, 오늘은 당신이 진짜 시인 같네요."

"서당개 삼 년이면 풍월 읊는다는데, 나…… 시인인 당신과 산 지 어느덧 35년이잖아. 명색이 사내라고 당신에게 지기 싫다는 오기에 염장 질러대는 말 곧잘 하지만 그래도 친구들에게 내 마누라 시인이라고 얼마나 자랑하는데……."

여자는 그런 말을 하고 있는 남편의 몸에서 까마득히 잊고 있었던 어떤 냄새가 나는 듯했다. 기억을 헤치고 나온 그 냄새는 오래 전 친정집 뜨락에 자라고 있던 자귀나무에서 나던 푸르고 은은한 냄새였다. 그리고 지금 여자 앞에 앉아 있는 남편도 황혼을 향해가는 환갑노인이 아니라 이목구비 어디 한 군데 죽은 데 없이 뚜렷하고 시원스럽게 잘 생긴 스물여섯 살 청년으로 돌아와 있다.

여자는 남편의 가슴에 얼굴을 묻는다. 그런 여자의 어깨를 남편이 손으로 쓰다듬는다.

"이 집에서 나만 겉도는 왕따인 줄 알았는데 당신도 왕따였다니 충격이었어. 내게는 어떻게 했든 괜찮아. 하지만 그런 자식들을 믿고 살다가 내가 죽고 나면 당신 처지가 어떻게 될까 생각하니 불쌍한 생각이 앞서더라구. 지금 서운하고 괘씸한 마음 같아서는 이 자식들 평생 안 볼 것 같기도 하고……."

"당신 말대로 그마저 우리 인생의 몫으로 주어진 모래로 알고 삼켜야지 어쩌겠어요.”

“천륜은 내 마음대로 끊을 수도 없는 것이니 그럴 수밖에 없겠지만……마음이 참 시려.”

“지금은 그래도 언제인가는 없었던 일처럼 잊혀질 거예요. 부모는 세상의 마지막 둥지라는데 용서하지 못하면 부모가 아니지요.”

“참고 견뎌 지금까지 이 자리 지켜 내 옆에 있어준 당신이 대견하고 고마워…… 정말로…….”

“아이고, 간지러워라. 이런 말은 당신에게 어울리는 멘트가 아닌데……. 너무 감동적이다 보니 웃어야 하는지 울어야 하는지 판단이 안 서네요. 그래도 이제라도 내 속 알아주니 고마워요. 철들자 망령이라는데, 걱정 안해도 되는지 모르겠어요?”

여자는 퉁박을 주는 척한다. 그러면서도 속마음을 내보이는 일에 서툰 편인 남편이 모처럼 허심탄회하게 하는 말을 듣다 보니 이 며칠 방황에 많이 힘들었구나 하는 생각과 함께 안쓰러운 마음이 든다. 먹고 사는 데 얽매인 채 청춘을 보내고 어느덧 환갑이 되어 흰머리가 성성한 그 모습에도 연민이 느껴진다. 어깨를 쓰다듬던 남편의 손이 여자의 손을 움켜쥐듯 꼭 잡고 있다. 여자는 그 손길을 통해 자귀나무 푸른 내음으로 온몸을 복숭아꽃처럼 붉은빛으로 뜨겁게 달아오르게 했던 스물여섯 살 싱싱한 청년의 몸이 전신으로 느껴진다.

울지 않는 새

"한 달 됐나. 수남이가 장개를 들었는디. 색시가 이제 스무두어 살 된 베트남 여자여. 수남엄니 며느리 들어온 날, 베트남에서 드레스 입고 사진 찍고 할 것은 다 허고 왔다고 예식도 잔치도 아무것도 안혀고 동네 사람에게 떡 한 접시씩 돌리고 말드라."

명절과 생신을 포함해 일 년에 서너 번 시골에 있는 시댁에 내려가 시어머님을 잠깐 뵙는 것으로 자식 노릇했다는 위안을 삼는다. 그럴 때마다 시어머니는 이름도 얼굴도 모르는 동네 사람들의 소식을 전해주곤 하신다. 서울에서는 몇 년째 현관문을 나란히 하고 사는 이웃도 어쩌다 복도나 엘리베이터 안에서 마주쳐도 눈인사가 고작일 뿐 이름 석 자도 모르고 지내는 일이 다반사이다. 나 역시 특별히 친한 사이가 아니라면 찐득거리며 달라붙어 남의 말이나 물어내기 십상인 불편한 관심보다는 편안한 무관심을 선호하는 쪽이다. 하지만 시골에 내려와 보면 얼굴 한 번 본 적 없는 아무개 집이 어떤 사연, 사건 속에서 살고 있는지 내 집 일처럼 알게 되곤 했다. 솔직히 나와 상관없는 사람들의 그 빤한 일상에서 일어나는 진부한 사연을 미주알고주알 듣는 일이란 고역스러울 때가 없지 않다. 그래도 어쩌다 찾아뵙는 자리이니, 자식 노릇하는 셈 치고 들어주는 척한다.

그날도 시어머니께서는 일방통행 길을 가운데 두고 앞뒷집에 살고 있는 이웃이라는 이유로 내게 수남이 총각이 장가를 들었다는 소식을 전하신다.

어쩌다 길에서 수남이와 마주치기라도 하면 고개를 꾸벅이면서 인사를 한다.

"아이고, 형수님 오셨시유. 그동안 별고 없었지유?"

그럴 때도 어쩔 수 없는 내 성격은 이십 년이 지나도록 매번 고개만 끄덕여 보이고 서먹하니 지나가기 일쑤였다. 그렇긴 해도 떠돌아 들려오는 말은 듣고 있어서 수남이 총각이 어떤 위인이라는 것은 알 만큼 알고 있다.

수남이 총각은 외형적으로는 심각한 결함이 있는 것은 아니다. 빈 가방만 들고 교실을 들락거렸겠지만 시골 고등학교라도 졸업했으니까 분명 바보도 아니다. 신체 또한 절름발이, 귀머거리, 장님 같은 장애가 있는 것도 아니다. 흠을 잡자면 한국 남자들의 평균 신장이 170센티미터라는데 수남이 총각은 그 평균에도 미달되는 165센티미터가 될까말까 한 작달만한 키가 문제가 될 수는 있다.

"우리 아들 수남인 키가 쪼깨 미달이라 그렇지 다른 문제는 없어. 똑같이 촌에서 태어나고 자랐어도 남의 자식들은 다들 장가들어 잘들 사는데 내 자식만 쏙 빠지니께 속이 편칠 않아. 억하심정에 내가 지를 들들 볶아댕께 부애가 나서 말은 벅벅거리며 해도 본 심성이 나쁘지는 않여. 직장이 없기는 하지만 우리 논이 지금 죄다 값이 올라 금덩이로 변했어. 그걸 팔면 장사 밑천은 대줄 수는 있으니께 딴 것 다 필요 없고 변덕 부리지 않고 마음 중심이 똑바로 선 처녀 봄 꼭 중신 좀 해주어.”

수남이 어머니는 수남이 누나와 여동생인 두 딸은 시집을 가 탈없이 잘 살고 있는데 아들은 장가를 못 들고 나이가 들어가자 만나는 사람마다 아들 중매를 부탁하곤 하셨다. 어쩌다 내려간 시댁에서 수남이 아주머니는 나를 보면 일손을 멈추고 달려와서 또 똑같은 말로 중매를 부탁하셨다.

아주머니는 키가 작다는 것 외에는 다른 문제가 없다고 했지만, 한국 처녀들 입맛 맞추는 일에 시세가 없다가 아예 비매품이 되어 버린 농촌 총각표도 그렇고, 무엇 하나 딱 부러지게 해내는 일없이 흐리멍텅한 사고력까지 총체적 미달 인간인 것을 간파하고 있는 나로서는 부탁이 간절하면 간절할수록 난감, 난처, 곤혹, 부담의 농도만 짙어질 뿐이다.

수남이 총각은 장가드는 데 도움될 리 없는 농촌 총각표만 달고 있었지, 농삿일은 제 손으로 놀고 있는 텃밭에 호박씨 한 번도 심어본 적 없다. 푼돈이 아쉬울 때면 더러 공사장에 나가 잡부 노릇을 할 때가 있다. 그마저 그런 날은 한 달이면 열흘에 지나지 않는다. 대부분의 날을 면내 PC방이나 당구장을 들락거리다가 티켓 다방 아가씨를 불러 엉덩이나 더듬으며 희희낙락으로 허송세월만 보내고 있는 백수건달이다 보니, 아주머니 표현대로 키만 쪼깨 미달이 아니라 총체적으로 미달인 인간이 내가 알고 있는 수남이 총각이다.

"동네 사람들이 있는 땅 쪼깨 팔아서라도 장개를 들여놓으면 사람 구실할지 모른다고 옆구리 쿡쿡 찔러대니께 저질러 보자고 돈 들여 데리고 오기는 했는디, 며느리라고 암것두 할 줄도 모르고 말도 안 통하니께 뭘 시켜먹지도 못하고 상전으로 모시고 있는 눈치여. 여기저기서 돈 주고 사온 색시들이 도망갔다는 소리는 들려오지, 수남이 그것이 사내로 태어난 유세 떠느라고 지 못난 생각은 않고 즈 색시 말귀 퍼뜩 못 알아먹는다고 벌써부터 지 엄니 앞에서도 색시를 쥐어박고 하니께 그러다 도망가 버리면 망신이다 싶어 그런지, 삼동네가 다 알고 있는 떼떼떽 하는 그 성질 다 죽여 불고 속 창자 빼내 버린 시늉 해가며 통하지도 않는 말로 며느리를 달래고 어르고 하더라니께."

시어머니의 말을 들으면서 나는 두어 해 전 추석 무렵의 사건이 떠올라 쿡쿡 웃는다.

새벽에 집을 나와 두어 시간 고속도로를 달려 여명 속에 홀로 떠 있는 샛별을 보며 시댁 마당 안으로 들어섰던 그날이다.

눈을 붙이고 일어나니 늦은 아침이었다. 남편은 아침식사를 마치기 무섭게 고향에 내려온 동창들로부터 호출이 불이 났다. 밥숟가락을 놓고 온다간다는 말없이 슬그머니 사라지더니 행적이 오리무중이었다.

오후, 마당 한가운데 돗자리를 펴고 널어 놓은 홍초가 따가운 가을 햇살에 빠닥빠닥 마른 걸 보고 마른 행주로 먼지를 닦고 있었다.

"바른 대로 말혀 이눔아, 염소 끌고 가 누구에게 얼마 받고 팔아 쳐묵은겨? 팔았으면 돈을 내놔야지, 그새 어따 다 쓴겨?"

　따가운 가을 햇살 아래 고추잠자리가 빙빙 돌고 있던 나른한 허공을 찢으며 수남 아주머니의 투박한 고함이 들려왔다. 그 소리에 기겁을 하고 놀란 것은 나만이 아니다. 낮은 담장 위에 올라가 있던 수탉이 말라비틀어져 가는 호박덩굴을 부리로 콕콕 쪼다가 놀라서 푸드덕대는 바람에 누런 호박 한 덩이가 엉덩방아 찧듯 뚝 떨어졌다.

　"염소는 나도 못봤다니께. 어째 날 자꾸 의심한디야?"

　"너 아님 염소에 손 댈 사람이 누가 있어?"

　"아, 엄니가 허구헌 날 나만 보면 못 잡아먹어 하니께 내가 되는 일이 없잖여."

　"뭣이 어쨌다고? 빙신육갑치고 자빠졌네. 니가 하는 게 뭐가 있다고 되고 안되는 것이 있어? 일하면 돈 빼먹을라고 알랑거리는 다방 기집애들한테 정신이 홀랑 빠져서 다 날려 버리지 않음 화투 쳐서 날려 버리고, 내게 거짓말로 돈 뜯어가지고 나가면 애들처럼 PC방에 처박혀 사는 등신, 빙신인 주제에……."

　"아이고, PC방은 내가 왜 가는디. 엄니가 날 보기만 혀면 잡도리를 해대니께 집에 들어오기가 싫어서 가는 것이여. 엄니 보면 따따따따 하는 소리가 귀 따가운 게 듣기 싫어서 도망가 있는 것이라고. 알기나 알어. 그런데 쪽팔리게 PC방까지 찾아와서 엉뚱한 주인에게 가게를 엎어 놓느니 어쩌니 난리를 치고 그랴. 나 쪽팔리는 게 문제가 아니라 영업방해죄로 고소당하면 어쩔려고 그려~어."

　따발총처럼 쏘아대는 아주머니의 악다구니와는 대조적인 수남이 총각의 느려터진 대꾸가 교대로 들려왔다. 문제가 무엇이든지 간에 원초, 원색, 살벌 찬란한 대사에 얼굴이 화끈거리며 민망하면서도 코미디 같은 상황에 웃음이 허리를 틀었다. 그리고 조용해졌다. 그것으로 상황이 종료된 줄 알았다. 아니었다. 아주머니의 궁시렁궁시렁 알아듣지 못할 소리가 들리더니 고함이 다시 담을 넘어왔다.

"에라, 이 쓸개빠진 빙신놈아. 차라리 죽어 버리지 뭣하러 살어. 사람 구실도 못하는 니눔 하나 키우느라 이날까지 혼자 들일, 밭일 다 해가며 눈물로 눈물로 살아온 것이 분하고 억울혀 못살겠다 이눔아."

설움이 너무 사무치면 한이 된다던가. 아주머니는 서러움에 북받치는 듯 어이구~ 어이구~ 통곡을 했다. 그것이 그만 수남 총각의 속을 벌컥 뒤집어 놓고 만 것 같았다.

"그리여. 나는요. 엄니 말대로 못난 등신, 빙신인 놈이란 말이여. 그게 나란 건 나도 인정한단 말이여. 그러니께 못난 놈 못난 대로 살다 이대로 죽고 말텡께 지발 오장 좀 긁지 말란 말이여."

이어 수남 총각이 '에이' 하는 소리와 함께 눈앞에서 얼쩡대던 똥개를 걷어찼는지 나 죽는다고 자지러지게 울부짖는 개 소리가 깨애앵 깨애앵 들려왔다.

언제 나와 계셨는지 시어머니가 담장 앞 대추나무에서 채 익지 않은 퍼런 대추를 따서 깨물며 쓴소리를 하셨다.

"저이도 저 나이 먹도록 장개도 못 가고 제대로 하는 일도 없이 빈둥거리며 사는 자식 꼴 볼라면 속에서 열불 꽤나 나겠지만 그렇다고 워쩌. 말을 해봐야 들어 먹지도 않은 걸 일절만 하고 말지 뭣이라고 길게 지껄여 저 소동까지 간디야. 저이도 누가 뭣을 잘못혔다 하면 내 식구 한테만이 아니고 동네 누구에게라도 내 속 풀릴 때까지 사람을 물고 늘어져 속을 뭉턱뭉턱 후버파는 버릇이 있다니께. 수남이 저거 세월 갈수

록 자꾸 더 삐뚤어지는 것도 저 이 드센 저 성질에 어깃장 놓느라 그러는
걸꺼여.”

　그런 수남이 총각이 마흔을 두어 달 남겨 놓고 드디어 장가를 들었단
다. 그 수남이 색시가 베트남 여자라는 말에 호기심이 없지 않다.
　“여자는 어때 보여요?”
　“살결이 거무튀튀한 데다 몸이 비리비리 말라서 비린내가 나는 것 같
드라만⋯⋯.”
　나는 한 번도 본 적 없는 수남이 색시를 잡지에 실린 화보 속 열대나무
밑에서 아오자이를 입고 있던 베트남 여자와 중첩시켜 상상해 본다.
　“내가 수남이 볼 때마다 색시에게는 성질부리지 말고 잘혀라 하면 대
답은 잘도 예 예 하더라만, 개꼬리 삼 년 묻어 여우 꼬리 안된다고⋯⋯.”
　시어머니의 말씀이 채 끝나기도 전이었다.
　대문 밖에서 ‘빵빵’ 자동차 소리가 들려온다.
　“시끄러운 게 작은애들 왔나 보다.”
　승용차 한 대가 대문 밖 텃밭 앞에 멈추고 시동생 내외와 조카 남매가
차에서 내린다.
　“할머니, 저 왔어요. 와, 큰엄마도 벌써 오셨네. 그동안 모두모두 안녕
하셨어요?”
　“할머니, 큰 엄마, 나두 미 투.”
　“아이고, 멀리 사시는 형님이 먼저 오셨네. 내려올 때 길 막혀 고생 안
했어요? 코 앞에 사는 우리도 평소보다 한 시간은 더 걸렸나 봐요. 오줌
보 터져 죽는 줄 알았어요.”

동서는 화장실부터 찾는다. 조카 둘이 마루 밑에 웅크리고 있다가 꼬리를 치고 달려드는 잡종 진돗개를 끌어안고 이리 뛰고 저리 뛴다. 시동생은 과일 박스를 들고 와 마루에 내려놓더니 시어머니를 쳐다보고 실실 웃으며 말한다.

"편지봉투 한 장만 줘 봐유."

"얘는 오자마자 편지봉투부터 찾고 그려."

시어머니는 뭔 생뚱맞은 소리를 하느냐고 시동생을 쳐다보신다.

"수남이 까무잡잡한 새악시 얻었다면서? 나 결혼할 때 수남이 엄니 부조금 3000원 하고 갈비탕 세 그릇 먹고 떡 세 접시, 홍어회 세 접시, 전 세 접시 치마폭에 숨겨 싸들고 가 수남이 먹였다고 내 치부책에 굵은 글씨로 적혀 있던데, 수남이 엄니 며느리 봤으면서 어째 갈비탕 먹으러 오라는 연락은 없디야."

"수남 엄니도 잔치도 안하고 그냥 넘어가 버린 것이 서운한 눈치이기는 하더라."

"가서 제수씨 빤스라도 사 입으라고 봉투 전해주면서 상견례도 하고, 수남이 자식 까무짭짤한 색시하고 둘이 홀딱 벗고 잔 뜨거운 이야기 좀 들어봐야겠쏘."

시동생이 이죽거리며 말하자 시어머니가 방으로 들어가 봉투 한 장을 들고 나온다.

"여, 편지봉투."

시동생은 지갑에서 만 원짜리 몇 장을 꺼내 봉투에 넣고는 대문 밖으로 나간다.

화장실을 다녀온 동서가 두리번거리더니 묻는다.

"어머니, 애비는요?"

"수남이 색시 보러 간다고 갔다."

"으이그, 차 타고 오면서 계속 까무잡잡한 수남이 시악시와 수남이가 보낸 첫날밤 소감을 들어보고 괜찮으면 자기도 하나 사와야겠다고 질척거리더라니까요."

"미친눔, 농담을 해도 꼭 그렇게 저 꼴 같은 속 빠진 소리만 한다니께. 넌 어쩌고 베트남 여자는 사다 어따 쓸란다냐?"

"괜히 저 약 올려보느라 해보는 소리겠죠."

"그런 줄 알면 됐다."

저녁 무렵 시어머니는 송편 만들 준비를 하셨다. 시어머니는 떡집에 가서 좀 사다 먹고 말자는 동서의 말은 들은 척도 않고 냉장고 안에서 미리 빻아놓은 떡가루를 주섬주섬 꺼내신다.

"반죽을 해놓을 테니 송편 빚는 건 둘이 해라. 나는 밭에 가서 고구마 몇 개 캐와야겠다."

"송편 만들면서 형님하고 속닥속닥 어머니 흉이나 실컷 봐야지. 어머니, 고구마 캐다가 귀 가려우시면 그런 줄 아셔요?"

"흐응, 느이가 내 흉 봐서 사네 못 사네 내 속 시끄럽게 할 일 없이 잘 만 살 수 있다면 실컷 봐라. 안 듣는 데서 나라님 흉도 본다는데 그까짓 흉 좀 보는 게 무슨 대수라고……."

"키키키."

떡 반죽을 해 놓은 시어머니는 포대 자루 하나를 찾아들고 휑하니 대문을 나선다.

송편을 다 만들고 나니 어느새 해가 지고 어둠이 내려 있다.

저녁 밥상을 차려 먹고 난 후였다.

마루문이 드르륵 열리더니 시동생과 수남이 술 냄새를 팍 풍기며 들어온다. 수남이는 나를 보고 허리를 숙여 인사를 하면서도 주눅이 든 사람처럼 까닭모를 눈치를 보고 있다.

"야, 얼른 들어와."

시동생이 수남이를 방으로 불러들이더니, 나를 보고 말한다.

"형수님, 아까 형님 봤는데요. 친구들하고 어울려 있는 게 오늘 안으로 들어오기는 틀린 것 같으니 기다리지 말고 먼저 주무세요."

온다간다는 말없이 사라진 남편의 소식을 전한 시동생은 동서를 향해 술상 좀 봐오라고 하더니 건넌방으로 들어간다. 동서가 낡은 소반에 술상을 차려 들여 주고 나온다.

"형, 나 말이여. 바보로 살아왔지만 속이 아주 없는 놈은 아니란 말여. 나 같은 놈 가슴 속에도 설움에 지쳐 쌓인 한이 많다 이거여."

주정인지 취중 진담인지 수남의 혀 꼬부라진 소리가 들린다.

"얌마, 나도 시골 촌에서 자란 놈인디 그렇고 그런 인생 살아왔지, 별달리 더 나은 것 있었냐?"

"아녀. 그래도 형은 나와 다른 겨. 그러니께 무너지고 또 무너졌던 내 맘 다 몰라. 모른다고. 사귀던 가시내도 내가 애진작에 희망 없는 놈이란 걸 눈치채고 도망가 불고, 그때부터 꼬이기 시작한 내 인생 지금껏 엉망진창으로 살아왔는디유. 나도 이렇게 살면 안된다는 생각이 왜 없겠어유. 우리 엄니 말대로 나라는 인간이 미달인간이다 보니 내 맘대로 못하겠는 걸 어쩐대유."

"그려, 내 속에 든 고름도 어쩌지 못하는데 니 속에 든 피고름까지 내가 돌아보았다고 하면 고건 거짓말일 것이고, 아무튼 니가 이제라도 장가든 것이 내가 새 신랑된 것처럼 기분 좋다.”

“베트남 여자가 내 색시가 될지는 나도 몰랐다니께.”

“지금 세상에 베트남이면 어떻고 껌둥이면 어떠냐? 누가 내 인생 대신 살아주는 것도 아닌데 당당하게 사는 거지.”

그 말에 이어 시동생이 동서를 부른다.

“너 지금 가서 제수씨 데리고 와 서로 인사도 좀 나누고 혀. 얼른 가서 불러와.”

“그려유. 형수님, 여기 와서 창살 없는 감옥살이하고 있는 우리 색시하고 잠깐이라도 친구 좀 되어줘유.”

“친구요? 난 베트남 말 할 줄 모르는데, 수남씨 색시가 한국말 잘하면 모를까.”

“기본적인 말은 쪼매 알아들어유.”

“말이 통하고 안통하고는 차후 문제이고 가서 불러오기나 해.”

“동서가 시동생에게 눈을 흘겨 보이면서도 마루문을 열고 나간다.

달그락달그락 술잔 부딪치는 소리만 들리더니 수남의 말이 들린다.

“형, 나 지금껏 잘못 살아온 내 과거를 잊는다는 마음으로 노래 한 곡 할라요.”

“그래 해봐라.”

수남이 꺼이꺼이 우는 소리로 노래를 부르기 시작한다.

　　　“장벽은 무너지고 강물은 풀려

　　　어둡고 괴로웠던 세월은 흘러

끝없는 대지 위에 꽃이 피었네.
아하 꿈에도 잊지 못할 그립던 내 사랑아
한 많고 서러움 많은 과거를 묻지 마세요."

수남의 가슴 절절한 노랫소리에 시동생이 "좋다." 하며 젓가락 장단을 맞추더니 이중창이 이어지고 있다.

"구름은 흘러가고 설움은 풀려
애닮은 가슴마다 햇빛이 솟아
고요한 저 성당에 종이 울린다.
아하 흘러간 추억마다 그립던 내 사랑아
얄궂은 운명이여 과거를 묻지 마세요."

처음 들어보는 새신랑 수남의 노래에 내가 저 미달인간에게도 저렇게 속이 꽉 찬 재주가 있었나 감동을 받은 얼굴을 하자, 시어머니는 '수남이 노래방에 돈 꽤나 갖다 바쳤구먼' 하면서도 싫지 않은 얼굴로 방 안으로 고개를 디밀고 물으신다.

"수남이, 겉으로는 색시에게 틱틱거려도 지금 본께 장개 들어 속으로 엄청 좋았는가 비네."

새신랑 수남이 얼굴에 흥건히 흘러내린 눈물을 손바닥으로 훔치며 말한다.

"아줌니, 아직은요. 날 버리고 가버린 가시내 생각도 나고 헌께, 색시가 참말 좋은 건지 어쩐지 잘 모르겠는디유. 그래도 한 방에서 서로 품고 자는 날이 길어지다 보니께유. 노래 가사 말대로 뭔 얄궂은 운명으로 나를 만나 예까지 왔는지 몰라도, 나도 이제 멍청하게 살아왔던 내 과거는 묻고 새사람 되어 내 색시하고 잘 살아보아야겠다는 생각이 하루에도 몇 번씩 벼락처럼 내 마음을 때리고 있구먼유.”

“그려. 그 말 믿을 텐께 내일 아침 눈 뜨면 술김에 한 소리로 도리아미타불 되지 말고 고생하고 산 니 엄니 생각혀서라도 이 악물고 잘 살어야 혀. 수남이 너 하나 보고 아직 채 다 피지도 않은 꽃봉오리로 예까지 온 색시에게도 니가 제일 많이 불쌍허다 여기고 감싸고 아껴야지, 안 그러면 남도 덩달아 우습게 보고 함부로 하는겨. 어차피 맺은 인연인데 도망가게 하지 말고 잘 혀. 모든 건 수남이 너 하기에 달린 일 아니겠어?”

“그려유, 아줌니 말이 구구절절 맞구만유.”

“지금도 많이 취한 것 같은데 예서 더는 마시지 말고 좋게 놀다 가.”

“잘 았았구먼유.”

“나는 피곤해서 방에 가서 누울란다.”

시어머니는 일어나시더니 안방으로 들어가신다.

마루문이 열리더니, 동서와 수남이 색시가 들어온다. 수남이 색시가 쭈뼛거리며 서서 가무잡잡한 얼굴에 조금은 맹해 보이는 눈빛으로 내 눈치를 살피더니 “안, 녕, 아세유?” 하는 인사를 한다. 나도 웃음을 지어 보이며 “어서 와요.” 반겨준다. 수남이가 색시 목소리를 들었는지 고개를 문 밖으로 내밀고 쳐다본다.

“어, 왔냐? 들어와.”

“제수씨, 어서 와유. 너도 이리 와라.”

수남이가 색시를 옆에 앉히고 시동생이 동서를 옆에 앉히는 걸 보고 나는 안방으로 들어갔다. 그 사이에 시어머니는 참깨와 콩을 봉지에 담아 놓으셨다.

"이거, 갈 때 잊어버리고 그냥 갈까 모르니 미리 챙겨두어라. 아까 고구마 몇 개 캐보니 알이 제법 굵더라. 내일 애비 보고 한 포대 캐라 혀서 담아 두었다가 가져가고……. 늙은 호박도 가져가 죽을 쑤어 먹던가 즙 내어 먹던가 너 하고 싶은 대로 허고……."

나는 이불자락 속으로 파고들어 눕는다. 시어머니가 옆에 앉아 쟁반에 검정콩을 쏟아 놓고 썩은 콩을 골라내며 나직나직한 목소리로 말씀하신다.

"내가 시집올 때도 수남이 색시 나이 때였다. 아버지가 일찍 돌아가시고 육이오전쟁 터지고 했으니께 집안에 때꺼리가 떨어지는 날이 많았어. 그런 집에 맏딸로 태어났으니 공부를 할 수나 있었겄냐. 밥숟가락 하나 더는 것이 친정 돕는 일이라 여겨 중신 들어오는 대로 그냥 시집을 왔는데 말이여. 그때 고등학교 다니던 남동생이 등록금을 못 냈다고 날 찾아왔더라. 내 손에 쥔 돈이 없었다. 그래도 그냥 보낼 수 없어 시어머니 몰래 광에서 쌀 한 말을 꺼내 팔아서 손에 쥐어준 게 나중에 들통이 나고 말았지 뭐냐. 그때부터 내가 친정으로 재산 빼돌린다는 의심을 받게 되면서 억울한 시집살이가 얼마나 심했는지, 시방 시어머니가 며느리 비위 맞추는 좋은 세상 사는 너희들은 짐작도 못할 거다. 그때 내가 속으로 결심했다. 이 다음 나는 며느리 보문 말이다. 억울해 할 소리는 절대로 하지 않을 거라고……. 오죽했으면 이제 아자아장 걷는 애비 들쳐 업고 도망갈까 속으로 수도 없이 마음을 먹어 보았겄냐. 그래도 차마 발이 안 떨어져서 눌러 살기는 했는디 그 마음을 삭히기가 어찌

나 힘이 드는지 몰르겠더라. 누가 교회를 다녀보라 허더라. 그래서 교회를 다니기 시작했다. 처음에는 시어머니 몰래 갔는디 사람마다 아주 죽으라는 법은 없다고 다행히 그건 모른 체 눈감아 주더라.”

며느리 보면 억울해 할 소리는 하지 않겠다는 시어머니 말씀은 진심이다. 지금껏 내가 시댁에 잘하나 못하나 꼬투리를 잡아 까다롭게 구는 일이란 거의 없으셨다. 까탈을 떨며 불평불만을 일삼는 쪽은 오히려 내 쪽이다. 그럴 때면 시어머니는 묵묵히 듣고 계시다가 그렇게 결론을 내리곤 하신다.

“마음에 나만 담아 놓고 세상을 살면 말이여. 나만 옳고 다른 사람은 다 나쁘게 보이는 겨. 그래서 내게 닥치는 일들이 모두 분하고 억울한 것뿐이고 좌절하고 절망할 일밖에 없는 거란다. 허지만 나를 십자가에 못 박고 세상을 보면 말이여, 서로 불쌍하게 보이는 것이여. 어지간하믄 조금 더 낫다고 생각하는 쪽에서 말귀 못 알아먹는 모자란 인간 도와주는 셈 치고 불쌍하게 보아주고 말거라.”

시어머니는 남달리 배운 학식이 있거나 인품이 뛰어난 것도 아니다. 살아온 세월 또한 녹록치 않아 그 마음이 꼬이고 비틀리려 들면 한없이 꼬이고 비틀릴 수 있었다. 그럼에도 불구하고 너그러울 수 있었던 것은 그런 신앙심이 마음의 바탕을 이루고 있었기 때문이다.

그런 마음을 내가 알아차리게 된 것도 이제 커서 품안을 빠져나가고 있는 자식들이 더러 서운한 행동이나 말로 내 가슴에 못 박는 일이 생기기 시작하고, 세상 일도 내 원과 뜻대로 되지 않는 일이 많다는 걸 깨닫게 되면서부터였다.

“지금은 어디로 가버렸나. 나 젊을 때는 마을에 황새가 터를 잡고 살았다. 그 황새가 참 영물인 것이 한번 짝을 맺으면 평생을 같이 허고 부모새가 늙어 힘이 빠지거나 병이 들면 새끼들이 먹이를 물어 날라 봉양을 하며 보살피고 형제새끼리도 사이좋게 지내더란 말이여. 사람들은 그 새를 울지 않는 새라 허더라. 그건 황새가 다른 새와 달리 목울대가 없기 때문이라 허대. 그런디 말이여. 내 생각에는 그 황새 눈알이 눈병 난 것처럼 시뻘건 건 소리 내어 울지 못하지만 니도 나처럼 남 몰래 속울음을 많이 우는구나 싶더라."

"……."

"어쩌면 말여, 사라진 황새가 내 몸에 붙어 있고, 수남이 색시 몸에 붙어 날아온 건지도 몰라."

시어머니가 한 알 한 알 골라낸 콩을 봉지에 담으며 혼자 중얼거리신다. 나는 그 말을 들으면서 황새를 떠올린다.

황새는 시베리아, 중국의 동북쪽, 일본과 우리나라에 한정되어 분포하고 있으면서 겨울철에는 중국 동부와 우리나라 등지에서 겨울을 지내는 것으로 알고 있다. 몸 크기는 대략 102센티미터 남짓이며, 머리와 몸은 하얗고, 곧고 굵은 부리와 날개깃은 검은색, 다리는 붉은색을 지니고 있는데 시어머니가 말씀하신 눈이 빨간 것은 눈밑과 턱밑에 드러난 피부가 빨간색인 것을 두고 하는 말인 것 같다.

황새는 물가에서 살며, 둥지는 보통 지상에서 5~20미터 높이의 나무꼭대기에, 나뭇가지를 엉성하게 쌓아올려서 짚이나 풀, 흙으로 굳혀 접시 모양의 큰 둥지를 만든다. 3월 중순에서 5월 사이에 3~4개의 흰 알을 낳는다. 먹이로는 개구리, 미꾸라지, 뱀, 가재, 곤충 등을 먹으며 겨울에는 벼 뿌리도 캐먹는다.

시어머니의 말씀대로 황새는 예전에 우리나라 각지에서 흔히 번식하던 텃새였다. 내 기억에도 황새가 있다. 어릴 적 아버지의 등에 업혀 과수원 근처 미나리 밭을 지날 때면 황새 암수와 어린 새끼 새들을 본 적이 있다. 그럴 때면 아버지는 혼잣말처럼 그렇게 중얼거리곤 하셨다.

'사람 사는 근본이 어때야 하는가 누가 내게 물어보면 말이다. 나는 더도 덜도 말고 꼭 저 황새처럼 살면 된다고 말하겠데이.'

그 황새가 시어머니 말씀대로 사라졌다. 마지막 텃새는 1971년 충북 음성군 관성면에서 번식하던 황새의 수컷이 사냥꾼의 총에 맞아 죽고, 함께 살던 암컷도 1983년 서울대공원동물원으로 옮겨졌으나 1994년 9월에 숨을 거둠으로 우리나라에서 사라졌던 것이다.

현재 우리나라에는 천수만과 순천 주남저수지, 우포늪 등지에 불규칙적으로 5~10마리 정도가 겨울철새로 날아오고 있다. 그리고 전세계에 남아 있는 개체 수는 불과 660마리 미만으로 알려져 있다. 1974~1977년 아무르 지방, 하바로브스크에 약 60마리, 연해주에 약 60마리 및 기타 지역 등에 총 660마리에 이르는 번식 집단이 보고되어 있는 멸종위기의 국제 보호새로 우리나라에서도 천연기념물로 지정하여 보호하고 있다는 것을 나는 알고 있다.

그 황새에 대해 시어머니의 이야기를 듣는 기분이란 참 묘하다.

"에미야, 잠들은 겨?"

나는 자는 척 대답을 하지 않는다.

"송편이 익었나 봐야겠네."

시어머니는 형광등 스위치를 눌러 불을 끈 후 방을 나간다.

아이들은 저희들끼리 구석방에 모여 앉아 무엇을 하는지 기척이 없다. 동서와 수남이 내외가 술잔을 주고받으며 떠드는 소리 사이로 간간이 바삭바삭 와스스스~ 나뭇잎이 바람에 흔들리는 소리가 들린다. 그바람이 자꾸 몸속으로 파고들더니 마음을 움켜잡고 속을 휘젓고 있었다. 몹쓸 것이었다. 시간이 흐를수록 내 몸이 팽팽하게 부풀어 오르고 있다. 내 몸이 내 몸이 아닌 것처럼 허공을 향해 붕 날아오른다.

어디서 날아온 것일까?

내 옆에서 나란히 눈알이 새빨간 황새 한 마리가 날고 있다. 황새는 하얀 소맷자락을 훠이훠이 휘날려 승무를 추는 무희처럼 날개를 휘저으면서 시어머니 목소리를 닮은 소리로 내게 말한다.

"애야, 네 속에도 바람 소리가 가득허구나. 그 바람이 속울음이란다. 나도 너도 태어날 때는 울며 이 세상에 왔다는 것, 그게 뭔 뜻이겠어. 모욕과 눈물로 점철된 길을 걷는 것, 그것이 인생이기 때문인 거여. 사람이 저마다 체면이란 게 있으니께 흉될 만한 것은 감추고 내색 않고 살아서 그렇지. 이 집 저 집 모두 속 뒤집어 까 보이면 다 그렇고 그런 겨. 살아보겠다고 아직 피지도 않은 것이 제 부모 형제와 헤어져 타국까지 날아온 수남이 색시 같은 사람도 있잖여. 힘들다 힘들다 하면서도 울지 않는 황새 되어 한세상 그렇게 살아내다 보면 말여, 때 되어 이 세상 떠날 적에는 후회보다 웃으면서 갈 수 있을 것 같지 않여? 웃으면서……웃으면서 말이여."

깜빡 잠이 들었던 모양이다. 드르륵 마루문이 밀리는 소리에 잠이 깼다. 그때서야 술자리가 끝났는지 동서 내외가 수남이 내외를 보내는 인사 소리가 의식 저 밖에서 아스라히 들려오다가 이내 조용해진다.

바스락바스락 와스슥 불어대는 바람 소리 때문인가, 잠자리가 바뀐 탓인가. 시간은 새벽길을 걷고 있고 몸은 피곤에 젖어 있었지만 잠이 오지 않는다.

이리 누웠다 저리 누웠다 몸을 뒤척이는 나의 뇌리 속에는 눈알이 새빨간 황새 한 마리만 허공을 훨훨 날고 있다.

극락조(Paradise Bird)를 찾아서

공항 활주로 주변에 내려앉아 있는 어둠의 농도는 중묵 같다. 가로등이 불을 밝히고 있었지만 불빛은 옹색하다. 열기 또한 대단하다. 비행기에서 내려 불과 몇 십 미터인 공항출입국 건물을 향해 걷는 동안 이마와 등줄기에는 땀이 송송 배어난다. 그 열기 속에 세우(細雨)까지 내린다. 머리는 이슬에 젖는 나뭇잎처럼 눅눅해진다.

"이곳 기후는 전형적인 몬순기후대에 속해 있으며 연중 습한 나날이 계속되는데, 지금은 절기상 2월 우기에 속합니다."

일행을 인솔하느라 늘 바쁜 걸음을 걷는 여행사 사장이 내 옆을 지나가며 말한다. 그리고 줄곧 그래왔던 것처럼 일행들보다 조금 앞서 공항 건물로 들어감으로써 내 시야에서 벗어난다.

후텁지근한 날씨에 역한 낯선 냄새가 후각을 자극하는 어둠 속에 보이는 흐릿한 풍경 속을 걸어가는 사람들이 마치 육체를 이탈한 영혼의 행렬처럼 보였다. 여행객들의 짐을 실어 나르는 검은 피부의 현지인 공항 직원들끼리 주고받는 말이 튀어 오르는 공처럼 새벽 허공을 날아 내 귓전에 파고들고 있었다. 그 소리에 퍼뜩 미처 떨치지 못하고 있던 졸음이 달아났다.

앞서 걷고 있던 조르바가 주춤 걸음을 멈추고 손가락으로 활주로에 우뚝 서 있는 비행기를 가리켰다.

"저기……."

나는 그가 가리키는 손가락 끝으로 시선을 던졌다. 그곳에는 비행기 동체 머리에 긴 장식깃을 멋지게 늘어뜨리고 있는 붉은 색의 새 한 마리가 그려져 있었다. 극락조였다.

조르바는 마닐라 공항을 이륙해 파푸아뉴기니로 들어오는 비행기 안에서 나와 좌석을 나란히 하게 되면서 알게 된 남자이다. 처음에는 무관심, 그러다가 기내에서 제공하는 식사를 할 때 몇 번인가 눈빛이 스쳤다. 조르바의 첫인상은 무척이나 선량하고 성실해 보였다. 조르바의 인상에서 묻어나는 그런 신뢰감 때문이었을까. 오래 전부터 알고 지낸 사람처럼 편안함이 느껴졌다.

"파푸아뉴기니, 무슨 일로 가시나요?"

내가 물었다.

"회사 일로 출장중이고 내 이름은 조르바, 그쪽은?"

"저는 서윤아, 극락조를 만나러 가는 길이에요."

"극락조를 만나러?"

"새 이야기를 전문으로 쓰는 다큐 작가이거든요. 가끔 소설을 쓰기도 하고요.”

“아하! 새. 내 유년 시절 새를 빼고 나면 별로 할 말이 없을 만큼 그 녀석들과 어울려 지낸 바람에 새라면 나도 전문가 못지않은데……. 이거 우리 만남 어째 좀 이상한 것 아닐까요? 전생에 그쪽과 내가 모종의 관계였을지도 모르는…….”

“그럼 그쪽도 극락조를 보러 가는 건가요?”

내 말에 조르바가 입가에 장난기 섞인 웃음을 지으며 말한다.

“그보다 파푸아뉴기니에 도착하면 식인종을 잡아먹을 예정입니다.”

“식인종을 잡아먹어요?”

“네. 회사 사장님이 이번 출장길에 저에게 명하기를 식인종을 잡아먹은 최초의 문명인이라는 족적을 남기지 못하고 귀국하면 저를 회사에서 자르겠다고 단단히 엄포를 놓더군요. 그래서 지금 제 머릿속은 온통 잡아온 식인종을 어떻게 요리해야 맛있을까? 그 궁리로 가득 차 있습니다.”

농담인 줄 알면서도 시치미를 뚝 떼고 진지하게 말하는 능청에 나는 쿡 터져 나오는 웃음을 참지 못하고 웃고 말았다.

“그냥 가기 심심하니까 우리, 누가 새를 더 많이 알고 있나 게임 한번 해볼래요? 돌아가면서 새 이름을 대는 데 한 번에 다섯 종의 새 이름을 대기로 합시다. 막히는 사람이 지는 겁니다. 지는 사람은 오늘 저녁 술 사기, 동의?”

“좋아요. 그럼 제가 먼저 시작하죠. 극락조, 붉은배새매, 뻐꾸기, 붉은머리오목눈이, 꼬마물떼새.”

“종달새, 파랑새, 할미새, 물총새, 소쩍새.”

"딱새, 두루미, 큰고니, 백로, 장다리물떼새."

"괭이갈매기, 딱따구리, 꿩, 꾀꼬리, 시조새."

"참새, 비둘기, 그 다음…… 아, 갑자기 생각이 안 나네요."

"하나, 둘, 셋, 타임 오버. 졌습니다. 승복?"

"새 이름이 머릿속에서만 뱅뱅 돌기만 하는 바람에……."

"오늘 저녁 사는 술, 기대 많이 하겠습니다."

나는 술값을 날리게 되었지만 유쾌하게 웃었다.

일상생활에서 새 이야기를 할 수 있는 사람을 쉽게 만나기란 어렵다. 먹고 사는 일에 신경쓰기도 바쁜데 새 이야기란 아무래도 현실과 동떨어진 화제가 될 수밖에 없기 때문이다. 그런데 뜻밖에도 나보다 새에 대해 더 많이 알고 있는 조르바를 만나고 보니 '전생의 어떤 인연'이란 말이 공연한 말만은 아닌 듯 뇌리를 떠나지 않는다.

그랬던 조르바가 비행기 동체에 그려진 극락조를 나보다 앞서 발견하고 말한다.

"저 새, 곧 보게 되겠지요?"

나는 비행기 동체 머리 부분에 그려진 극락조를 감회 어린 시선으로 쳐다보다가 발걸음을 옮기기 시작했다. 비행기에서 먼저 내린 일행들은 그 사이 건물 안으로 들어갔는지 눈에 띄지 않았다. 발걸음을 서둘렀다. 불과 몇 분 사이, 등줄기에 흥건하게 배어난 땀으로 옷이 피부에 달라붙는다.

한파에 전날 내린 눈으로 노면이 꽁꽁 얼어붙어 있던 한국을 떠난 지 채 스무 시간이 되지 않았다. 그 사이에 나는 두 계절을 훌쩍 뛰어넘어 버렸다.

적도 바로 아래에 위치하고 있어 연중 기온이 섭씨 30도가 넘는다는 곳이었기에 열기가 만만치 않을 것이라는 것은 예상했지만, 추적거리는 빗줄기에 끈끈한 습기까지 덤으로 나를 기다리고 있을 줄은 미처 생각하지 못했다.

공항 건물 안으로 들어간다.

"여기 포트모리스비(Port Moresby)는 파푸아뉴기니(Papua New Guinea)의 수도인데요, 이곳은 경유지이고 우리가 가기로 되어 있는 곳은 마당(Madang)이라는 곳입니다. 이 나라의 제2의 도시이죠. 우선 여기 포트모리스비(Port Moresby) 공항을 빠져나간 후 연결편인 경비행기를 타고 한 시간 후면 그곳에 도착하게 될 겁니다."

여행사 사장이 우리를 보고 한 말이다. 시간이 한참 흘러도 입국대 앞에 줄을 지어 서 있는 사람의 수가 좀처럼 줄어들지 않는다. 손에 여권과 비행기표를 들고 서 있던 일행들의 표정이 일그러진다.

"에휴, 저 식인종들 느려터진 것 좀 봐."

공항 직원들의 꾸무럭대는 행동에 짜증이 치민 듯 조르바가 한 마디 불평한다. 하지만 검은색, 갈색에 심지어 개펄 같은 색의 피부를 가진 공항 직원들은 누런 피부색을 한 우리 한국인들의 조급한 성미가 더 이해가 되지 않는다는 표정으로 불만에 아랑곳하지 않는다.

그 말에 나는 입국 전 조르바가 비행기 안에서 식인종을 잡아먹으러 왔다는 말이 생각나 혼자 웃는다. 아닌 게 아니라 이곳 사람들이 식인종의 후예라는 말이 실감날 만큼 생김새가 험악하다. 울퉁불퉁한 이목구비에 체격은 동양인, 피부는 흑인, 열에 다섯 명은 과체중이다. 나는 그들의 그런 생김새를 빗대어 '반 토막에 탄 밥이 인분에 성형 불가' 라는 말을 하면서 킬킬거렸다.

"저 사람들 저승사자 같지 않아요?"

"저 사람들에게는 우리가 출장 뷔페 음식으로 보여 속으로 침을 질질 흘리고 있을지도 모르고……."

내 말에 조르바가 장난처럼 한 대답이 재미있어서 나는 어깨를 치며 웃는다.

입국 절차를 마치고 공항 건물을 빠져나간 후 서둘러 이동, 두 시간 남짓한 간격을 두고 다시 경비행기로 갈아탔을 때는 날은 완전히 밝아 있다. 가끔 기내 창을 통해 혹시 창공을 날아다니는 극락조를 볼 수 있을까 살펴본다. 새가 아무리 높이 난다 해도 이런 고도 상공까지 날아오르기는 무리일 게 뻔하다. 창을 통해 기대했던 극락조의 모습 대신 울창한 밀림만 시야에 잡힌다.

내가 극락조에 특별한 관심을 보이는 구체적인 이유를 옆에 앉아 있는 조르바도 알지 못한다. 새가 내 직업과 관련이 있다는 말을 했으니까 이곳이 단지 극락조들의 서식지라는 사실만으로도 와야 할 이유가 된다고 생각한 그 정도일 것이다.

'지난 가을 남도의 한 행사장에서 살풀이춤을 추는 무희를 보고 있다가 길게 늘어뜨린 수건이 오렌지색 조명을 받는 순간 그것이 내 눈에는 황금빛 깃털을 가진 새가 춤을 추는 것으로 보였어요. 새를 연상시킨 모습 때문이었는지 몰라도 나는 꽤 오랫동안 그 살풀이춤을 추던 무희의 환영에 갇혀 살았던 것 같아요.

그런 어느 날 밤 꿈을 꾸었어요.

살풀이춤을 추는 무희가 나타나더니 그때 춤을 출 때 들고 있던 그 흰 수건을 내게 던지는 것이었어요. 나는 그 안에 갇혀 버렸고……. 간신히 그걸 찢고 나오니까 또 다른 수건이 나를 휘감아 가두어 버리고……. 두 번째의 수건을 간신히 빠져나왔을 때는 기력이 다해 쓰러질 것 같았는데 또 한 장의 수건이 날아와 나를 가두어 버리는 거예요. 다시 죽을 힘을 다해 그걸 찢고 나왔어요.

바로 그때 신기한 일이 벌어졌어요. 내가 갈기갈기 찢고 나온 흰 수건이 하얀 꽃잎으로 변해 허공을 훨훨 날아가는 거예요. 그 꽃잎 속에는 나도 섞여 있었는데요. 그 역시 허공 어느 곳에서 알몸의 사내와 마주치게 된 거예요. 놀라운 것은 나 역시 사내와 똑같이 알몸이었다는 거예요. 사내는 손에 붓을 들고 있었는데 먹물을 찍어 내 몸에 그림을 그렸어요. 꽃이었어요. 내 몸에 빈틈없이 붉고 노란 온갖 종류의 꽃들을 그려 넣은 사내가 다음에는 들고 있던 붓을 내게 주면서 자기의 몸에 그림을 그리라고 했어요. 내가 붓을 들어 붓질을 하자 붓끝이 스쳐간 곳마다 새의 깃털이 돋아나는 것이었어요. 그리고 나와 사내는 섹스를 하게 되었어요. 그런데 꿈속에서의 그 섹스는 이상하게 슬펐어요. 아주 많이…….

그런데 왜 그런 이상한 꿈을 꾸었느냐고요? 글쎄요. 프로이트의 《꿈의 해석》 같은 곳에서는 꿈을 심리학적으로 검토해 보면 일련의 이상한 심적 형성물 중에 히스테리성의 공포증, 강박관념 및 망상관념 등으로 실제적인 갖가지 이유에서 의사가 정신분석학적 측면에서 취급해야만 할 성질의 것이라고 했는데……. 히스테리성의 공포증, 강박관념, 망상관념……. 그럴지도 모르겠네요. 직업상 새에 관한 이야기를 좀 썼으니까 무희의 춤추는 모습을 통해 새를 연상한 것도 일종의 강박관념이

자 망상 관념이 덧붙어 생긴 현상일지도 모를 테니까요. 그런 어느 날 새에 관한 자료를 얻으려 인터넷에 들어갔다가 거기 누가 올려놓은 극락조라는 새를 보게 되었어요.

그런데요. 신기하게도 꿈에서 새로 변한 사내의 모습인 즉 바로 그 극락조가 아니겠어요. 경악에 가까운 놀라움, 지금도 잊지 못하고 있는데요. 내가 정말 놀란 것은 그 극락조가 저승새가 아니라 실제로 실존하는 새라는 사실이었죠. 꿈에서 본 새와 극락조의 모습이 일치한다는 그 이유만으로 나로 하여금 극락조는 저승새가 아니라 실제로 실존하는 새라는 것을 확실하게 확인할 필요가 있었던 거죠. 그게 이번 여행을 통해 반드시 극락조를 보아야만 한다고 믿는 이유인데요. 제 말 이해하실 수 있으세요?

나는 이 이야기를 조르바에게 할까 하다가 그만두었다.

'그래요. 듣고 보니 망상이 확실하네요' 라는 말을 듣게 될 것 같았기 때문이었다.

"줄곧 비행기만 탔는데 피곤하지 않아요? 한 시간 후면 마당 공항에 도착하겠지만 그래도 그동안만이라도 눈을 좀 붙이도록 하세요."

그 말에 나는 잠시 눈을 붙였으나 잠이 오지 않는다. 다시 눈을 뜨고 기내 유리창으로 시선을 돌려 밖을 내다본다. 남태평양에 위치한 섬나라답게 바다가 보였다. 잠시 후 기내 창으로 들어오기 시작한 것은 숲으로 뒤덮인 푸른 산들이다. 최대 사천 미터가 넘는 산악지대로 오지의 나라라는 사실을 실감케 하는 짙푸른 숲이다. 나는 섭씨 30도의 고온 속에서 연중 천 밀리미터에서 육 미터를 넘는 풍부한 강우량으로 인해 9000여 종의 식물들이 서식하고 있다는 저 정글 어디에선가 날아다니

고 있을 극락조들을 상상한다. 그러다가 이 비행기에서 내리면 극락조
가 상상 속의 저승새가 아니라 실존하는 새라는 사실을 곧바로 확인하
게 될 것이라는 기대를 안은 채 눈을 붙인다.

　예정대로 한 시간 남짓 후 비행기에서 내렸다. 공항 밖에서 미리 와서
대기하고 있던 현지 여행사 직원들의 안내를 받아 작은 미니버스에 오
른다. 나는 후진국 나라들 대부분이 그렇듯 이곳 사람들의 생활 또한
아프리카나 인도의 거리처럼 '기브 미 머니'를 외치고 다니는 거지들
부터 만나게 될 것이라고 생각했었다. 그런데 한참을 달렸는데도 버스
차창을 통해 스쳐가는 거리에는 그런 광경은 전혀 보이지 않는다. 울창
한 나무들로 뒤덮인 절경만이 일행들로 하여금 '너무 좋다!'라는 감탄
사를 연발하게 한다. 잘은 모르지만 이름 모를 열대 나무들이 울창한
사이사이 열매를 매달고 하늘을 덮을 듯 치솟아 있는 나무의 이름이 이
곳에서 가장 흔하다는 망고가 아닐까 싶다. 원색의 온갖 종류의 꽃들과
그 위로 뿌려지는 투명한 햇살들이 차창에 끝없이 스쳐간다.

　"야, 이거 낙원이 따로 없네. 잘 왔다, 잘 왔어."

　절경에 감탄을 금치 못하는 일행의 말을 들으며 나는 언뜻 꿈에서 본
사내가 내 몸에 그렸던 꽃들을 떠올린다.

　차창 밖에서 맨발로 걸어가던 원주민 몇 명이 우리를 보고 환한 웃음
을 지어 보이며 손을 흔든다. 그때서야 나는 "가보시면 알겠지만 거기
는 지상에 마지막으로 남은 낙원이라니까요. 후회하지 않을 여행이 될
겁니다."라는 말로 여행을 부추기던 여행사 사장의 말이 과장이 아니
었다는 것을 인정하기로 한다.

　우리를 태우고 온 버스가 예약되어 있던 숙소 앞에 멈춘다. 숙소의 정

원은 낙원이라는 말이 결코 과장이 아닌 듯 쭉쭉 뻗은 열대 나무들과 온갖 종류의 꽃들이 피어 있고 바람이 불 때마다 향긋한 꽃향기가 후각을 파고든다. 거기에 아름다운 새소리까지 들려오자 환각 상태에 빠진 듯 정신이 몽롱해진다.

나는 하늘을 가리고 서 있는 나무들을 살펴본다. 몇 종류의 새들이 무어라 표현할 수 없는 아름다운 소리로 울어대며 포르르 날아다니는 것이 보인다. 거기 어느 곳에 내가 찾아 나선 극락조가 나를 내려다보고 있을 것이란 생각을 하자 이내 가슴이 콩닥거리기까지 한다. 하지만 유감스럽게도 내가 육안으로 볼 수 있는 새들 중에서 극락조는 단 한 마리도 없다.

일행은 방을 배정받고 짐을 풀기 위해 각자 흩어진다. 호텔 레스토랑에서 아침 식사를 마치고 잠시 휴식을 취한 후 일행은 짜여 있는 일정대로 관광길에 오른다.

오전에 일행이 간 곳은 비리 빌리지라는 원주민이 사는 숲속 마을이다. 그곳에 사는 여자들은 유방을 드러낸 반라에 풀잎으로 된 치마를 입고 있다. 남자들은 코데카라는 것으로 성기 부분만 가리고 있다. 여자와 남자들은 관광객을 상대로 싱싱춤을 춘다.

마을 풍경이 아름답다. 꽃과 나무가 우거진 산속에서 나무로 된 오두막을 짓고 감자와 호박에 돼지고기를 함께 넣어 끓인 음식을 먹으면서 살고 있다. 전기가 들어오지 않는 것 같다. 당연히 그 흔한 텔레비전 같은 전자제품도 눈에 띄지 않는다. 타다가 꺼진 장작불 위에 시꺼먼 그을음이 잔뜩 묻어 불결한 상태로 찌그러진 냄비가 보인다. 그들이 사용하는 주방기구인 것 같다.

아이들은 손에 풋대추같이 생긴 부아이란 열매를 깨물어 먹는다. 그 걸 먹은 아이들의 입은 뻘겋게 물들어 있다. 조르바는 그것을 보고 또 "저기 시뻘건 입 좀 봐, 저건 사람을 잡아먹으면서 묻은 피라구." 라고 농담을 해 우리들을 웃게 만든다. 그 숲에서도 새소리가 들려온다. 그래서 주변을 살펴보았으나 그 새들 속에도 내가 그리도 찾던 극락조는 볼 수 없다.

이곳 어디서나 쉽게 볼 수 있으리라 믿었던 극락조를 이런 산속에서도 보지 못하니 초조해진다.

'극락조는 저승새가 아니라 실존하는 새라는 걸 내 반드시 확인하고 올 테니까 기다려라.'

가족과 친구들에게 큰 소리를 뻥뻥 쳤다. 결국 기대는 실망이 된 채 숙소로 돌아왔다. 땀으로 끈적거리는 몸을 씻고 테라스로 나와 의자에 앉는다. 잘 꾸며진 정원에 초록 카펫을 깔아 놓은 것 같은 잔디밭 너머에 바다가 있다. 바람은 한 점도 없이 후끈한 열기만 뿜어댄다. 수면은 잔잔하다.

나는 바다에 시선을 고정한 채 뇌리 속으로 서울을 떠올린다. 서울에서 이곳까지 오느라 소요했던 시간은 이틀밖에 되지 않았다. 하지만 서울은 지금도 여전히 한파에 꽁꽁 얼어붙어 있을 것이다. 같은 시간에 섭씨 30도가 넘는 이곳 공간과 서울은 무려 두 계절의 차이가 있다. 갑작스런 변화에 아직 적응을 못한 탓인지 혼란스럽다는 생각이 앞섰다.

그러나 시간이 흘러가면서 서울은 나의 뇌리에서도 멀어지는 기분이 든다. 마침내 하얗게 탈색되는 느낌이다. 이틀 전만 해도 내가 속해 있던 그 현실로부터 아주 탈속(脫俗)해 버린 듯, 완벽한 일탈감이 한편으로 나를 당혹스럽게 한다.

야릇한 기분을 주체할 수 없던 나머지 일행 중 가장 따르고 있던 조르바를 생각한다. 조르바는 쟈니라는 부하 직원과 동행이다. 두 사람 모두 이곳 여행을 주선한 호주 여행사와 연결되어 우리와 합류했다고 한다. 두 사람은 이곳 마당에서 이틀간 머물다가 우리가 마운트 하겐으로 들어가는 날 사업과 관련한 일로 포트모리스비로 가서 일을 마치고 곧바로 필리핀으로 떠난다고 했다.

조르바의 방은 내가 있는 건물에서 두 동을 지나 있다. 오늘 일정을 마치고 각자 숙소로 들어갈 때 혼자 있기 무료하면 놀러가겠다는 말을 했다. 그런 만큼 불쑥 나타난다고 해도 난처해하지는 않을 것이다.

나는 조르바와 쟈니가 묵고 있는 숙소로 간다. 노크를 하자 쟈니가 문을 열어준다. 디지털 카메라로 찍은 사진을 노트북에 올리고 있던 조르바가 나를 맞아준다.

"어서 와요."

쟈니가 손님 접대를 한다면서 타온 석 잔의 커피를 앞에 놓고 앉는다.

"이러다 극락조는 아주 못 보게 되는 것 아닐까요?"

내 말에 조르바가 어깨를 두드리며 격려한다.

"실망하기에는 이르지 않아요? 아직도 남은 날이 많은데 반드시 보게 될 겁니다."

식인종을 잡아먹기 위해 이곳에 왔다는 조르바도 나로 인해 어느 사이 극락조에 휘말리고 있다.

함께했던 시간은 불과 이틀이었다. 하지만 그 짧은 시간에도 불구하고 조르바를 대하는 내 마음은 여행지에서 만난 단순한 동행자의 의미를 넘어서고 있다는 걸 여러 번 느꼈다. 부드러운 그의 어투며 재치 있는 농담 솜씨, 해박한 지식, 웃을 때면 소년처럼 해맑아지는 표정이며, 때로 깊은 사색에 빠져 있을 때의 표정까지 그는 나를 유혹할 수 있는 조건을 완벽하게 갖추고 있다.

언제였던가. 친구 청희가 무슨 말끝에 그녀의 남편까지 합석해 있던 자리에서 그런 말을 했던 적이 있다.

"남녀가 만났을 때 사랑하는 사이로 진전이 되려면 반드시 세 가지 조건이 전제되어야 한다구. 그 첫번째는 마음에 잠재되어 있는 불씨가 동시에 발화될 수 있는 타임, 두 번째는 어떤 경우에도 서로에 대해 계산이 필요치 않은 무조건, 그리고 서로를 끝없이 갈구할 수 있는 열정……. 두 사람이 서로 좋아한다 해도 발화시점이 맞지 않으면 그건 시작과 동시에 엔딩, 두 사람 중 누가 더 많이 나를 사랑하느냐 기타 등등 손익계산이 따르게 되면 그 또한 엔딩, 마지막으로 그 불길을 지속할 수 있는 열정이 식어 버리는 순간 역시 엔딩이 되고 말거든."

"발화, 무조건, 열정이 지속되면 그 다음에는?"

"피차 피투성이가 되는 거야."

"그 다음에는?"

"그 불길을 인두 삼아 영혼에 다시는 지우지 못할 판화 한 점을 확실하게 새겨두는 거지."

"그 다음에는?"

"그게 난관에 부딪쳐 어떤 방법으로도 해결이 되지 못하면 같이 죽어 버리는 거야. 완벽한 감동을 위해서……."

그리고는 제풀에 마녀를 연상시키는 웃음소리로 깔깔거렸다. 청희

의 그런 말에 남편이 언제 샛서방까지 두고 그런 연애까지 할 틈이 있었
냐면서 채이기 전에 홀로서기 준비부터 해야겠다고 툴툴대며 눈을 흘
겼다. 그러자 청희가 다시 깔깔대며 말했다. "실제로 연애 못하는 사람
일수록 그럴싸한 스토리는 더 잘 만들어 내는 법이거든, 바로 그 입증
자가 나니까. 당신과의 생활이 얼마나 무미건조, 재미없었으면 내가 궁
여지책으로 그런 공상을 다 해봤겠어?" 라며 혀를 날름해 보였다. 그러
자 청희 남편이 에구, 철딱서니 없는 여자야 하는 듯 한심한 시선으로
바라보며 말했다.

"어이, 보봐리 아줌마, 그대에게 이참에 내 분명히 따질 게 있는데 언
제 나보고 그랬지? 진짜 순수한 사랑이란 물처럼 아무 맛도 나지 않는
심심한 것이라고. 낭만 따위는 쾌적한 노후 생활을 위해 접어두고 돈만
많이 벌어오면 된다고……. 고런 현명한 생각은 언제 엿 사먹고 이제
와서 남편 몰래 그따위 앙큼 요상한 환상이나 하면서 시간을 죽이고 있
었어? 그럴 시간 있으면 하늘같은 남편 위해 하다못해 겉절이라도 좀
해보시지요. 매일 밥상에 중국에서 수입해 온 김치만 올려 납중독에 발
기부전 심화시키지 말고……."

왜 느닷없이 청희 부부가 주고받던 요설 같던 말들이 떠오르는 걸까.
어쩌면 청희가 말했던 그런 사랑을 한다면 조르바 같은 남자였으면 하
는 마음이 있었던 것은 아닐까 싶다.

"자, 이제 저녁 식사를 하러 갑시다. 늦으면 다른 사람들에게 미안해
지니까."

그 말을 하면서 조르바와 내 눈이 마주친다. 순간 조금 전 내 생각을
들켜 버린 것은 아닐까 얼굴이 화끈 달아오른다. 그걸 감추기 위해 나

는 서둘러 방을 나선다.

레스토랑을 향해 가면서도 거기 어디 극락조가 앉아 있는 것을 보게 될 행운을 만나지 않을까 무심코 하늘을 올려다본다. 그때 머리 위에서 묘한 울음소리를 내며 날아가는 새가 있었다. 소리가 나는 방향을 시선으로 쫓는다.

"저기 보여요? 박쥐……."

조르바가 손으로 가리킨다. 시커먼 박쥐들이 패거리를 지어 나무 한 그루를 점령하고 거꾸로 오밀조밀 매달려 있다. 만일 새들의 세계에도 조폭 같은 것들이 있을 수 있다면, 딱 그런 단어가 어울릴 것 같은 으스스한 모습이다.

레스토랑으로 가는 길 곳곳에는 원시적 원초성을 바탕으로 하여 살아가는 이 나라 사람들의 생활상을 그대로 반영하듯 여기저기 통나무를 깎아 만든 벌거벗은 남녀 목각이 많다. 남녀 모두 얼굴은 만화적이었지만 여자는 유방을 정교하게 조각해 놓았고 남자들은 성기를 실제 크기보다 확대해 놓은 것도 있다.

조르바는 그걸 보고 내게 "이 조각, 윤아씨 애인!" 하면서 장난을 친다. 조르바의 그런 장난에 나는 얼굴이 붉어진다. 하지만 "그 애인이 발기를 해 위로 치켜든 차마 보기 민망한 모습을 하고 있지 않은 걸 보면, 내게 이성 감정까지는 느끼지 못하나 보죠." 태연한 척 맞장구를 친다.

그날의 식사는 바다를 바로 코앞에서 바라볼 수 있는 야외 식당에서 가졌다.

식사 도중 화제의 주인공은 조르바가 되었다. 원주민들이 사는 작은 마을에 갔다가 거기 한 처녀가 첫눈에 조르바에게 반해 버렸기 때문이다. 우리가 그 마을을 떠나려 할 때 원주민 처녀는 조르바를 졸졸 따라 오더니 종이에 주소를 적어주며 편지를 해 달라고 했다.

버스가 출발을 했을 때였다. 원주민 처녀가 갑자기 차창 안으로 뛰어 들 듯 매달리더니 조르바를 향해 손을 내밀어 잡으려 애썼다. 순간 조 르바가 당황한 채 어째야 좋을지 몰라 쩔쩔매더니 처녀의 손을 잡았다. 처녀는 조르바의 손을 잡은 채로 움직이기 시작한 버스에 매달리듯 쫓 아오다가 더 이상 따라갈 수 없게 되자 마지못해 놓아주었다. 뒤를 돌 아보았다. 처녀는 떠나는 버스를 바라보며 이내 눈물을 쏟아낼 듯 젖은 눈을 하고 서 있었다. 그 장면은 보는 사람들로 하여금 감동을 불러일 으킬 만큼 애절해 보이기까지 했다. 모두들 조르바를 부러워했다. 그때 나도 두 사람이 보여준 그 한 컷은 감동적인 명장면이었다고 말하며 웃 었다.

조르바 역시 예기치 않게 맞닥뜨린 그 일이 진한 여운으로 남아 있었 던 듯 감상에 젖고 있었다. 이상하다. 그런 조르바의 모습을 보게 되자 순간 알 수 없는 외로움이 느껴진다. 내가 마음에 두고 있는 남자가 내 앞에서 다른 여자를 생각하는 모습을 본다는 것은 결코 좋은 일이 아니 다. 눈물이 핑 돌만큼 마음이 아파지는 이 감정……. 그런 걸까? 여자와 남자가 만나 얼굴과 이름을 알게 되고 대화를 통한 교류가 시작되면 미 묘한 감정의 파문이 일기 시작하면서 가속이 붙고 접촉이나 소유의 감 정으로 진전하게 되는데, 이 과정중에 타인으로부터 방해를 받는 일이 생기게 되면 가차없이 고개를 쳐들게 되는 질투심, 그 뒤를 이어 갈등 을 수반한 감정적 줄다리기가 오가다 어느 순간 배신감이나 체념이 어 지럽게 뒤섞이며 마음에 남게 되는 외로움까지……. 이틀만에 살아온 현실에서 무려 두 계절을 뛰어넘은 무릉도원 같은 이 공간이 안고 있는 특수한 분위기 때문이었을까? 조르바에 대한 내 감정도 시간을 훌쩍 뛰어넘는 것을 부정할 수가 없었다.

식사를 마치자 일행들은 "내일 만나요." 하는 말을 남기고 자리에서 일어난다.

조르바도 일어난다. 나는 잔뜩 부어터진 표정을 감추지 못한다. 그때 조르바가 내게 다가와 "숙소까지 데려다 줄게요." 라고 말했다. 만일 그 말을 하지 않았더라면 나는 화가 난 채로 혼자 숙소로 돌아가 버렸을 지도 모른다. 그러나 그 말을 듣는 순간 나는 언제 화가 났었냐는 듯 참 새처럼 재잘대며 조르바와 나란히 걷는다.

다음날 아침이다. 아침 식사를 마치고 일행은 다시 일정표대로 관광 길에 오른다. 우리가 간 곳은 예전 부족 간에 문제가 발생하면 전투를 담당했던 전사의 후예들이 살고 있는 곳이다. 수목이 우거진 산속에 코 코넛 잎을 엮어 올린 지붕을 한 오두막집이 띄엄띄엄 있는 조용한 마을 로, 사는 형편은 비리 빌리지와 비슷하다. 그곳을 떠나 와그히 계곡까 지 돌아보았을 때 해는 서산을 향해 가고 있다. 적지 않은 시간 여러 곳 을 돌아다녔지만 그때까지도 극락조는 볼 수 없다. 내가 시무룩해 있자 조르바가 현지인 가이드 솔로몬에게 극락조를 보려면 어디로 가야 하 느냐고 묻는다. 솔로몬은 극락조는 여기보다 훨씬 더 깊은 정글 속으로 들어가야만 볼 수 있다고 한다. 여기보다 더 깊은 정글이라니……. 실 망스런 답변에 맥을 놓고 앉아 있다. 그런 내 모습을 보고 있자니 조르 바의 마음이 편치 않았던 모양이다. 조르바가 다시 보조 가이드 제임스 를 붙잡고 한참 동안 무슨 말을 주고받더니 내게 말한다.

"반가운 소식 전할게요. 현지인 마을에 극락조를 기르고 있는 사람이 있다고 해요. 그래서 제임스에게 그 집으로 안내해 달라고 했어요."

그 말에 극락조와는 무관했던 일행들까지 반색을 하며 당장 보러 가자고 한다. 일정에 없던 일이었지만 일행을 태운 버스는 극락조가 있는 집을 찾아가게 되었다.

이십 여 분 남짓 버스를 달리자 마을이 나타난다.

"저기……."

솔로몬이 손가락으로 가리킨다. 현지인 몇 명이 나와 서성이고 있는 집 마당에 커다란 새장이 보인다. 그곳으로 달려가자 그 안에는 장식깃을 길게 늘어뜨리고 있는 극락조 한 마리가 나뭇가지에 올라앉아 있다.

갑자기 낯선 사람들이 몰려와 수선을 피우자 극락조는 심한 불안 증세를 나타내며 이 가지에서 저 가지로 옮겨 다니며 숨을 곳을 찾느라 정신이 없다.

"아! 드디어 확인이다."

조르바가 극락조를 내게 선물하겠다고 하면서 들고 있던 카메라 셔터를 정신없이 눌러댄다. 무더운 열기에 사진을 찍느라 정신없이 움직이고 있는 조르바의 이마에서는 땀이 비 오듯 흐르고 있다. 마침내 극락조를 카메라에 담는 일을 성공한 조르바가 오케이라는 말과 동시에 나를 돌아보며 환한 웃음을 지어 보인다. 그때다. 꿈을 꾸는 듯한 깊은 눈빛 아래 세상에 있는 모든 근심과 탐욕을 한순간에 투명하게 만들어 버릴 것 같은 소년처럼 해맑은 미소를 짓고 있는 조르바 속으로 내가 빨려들어가는 것 같은 충동과 함께 꿈에 붓으로 내 알몸에 꽃을 그리던 사내의 환영이 중첩되었다.

"드디어 극락조가 저승새가 아니라 실존하는 새라는 걸 확실하게 확인했는데 기분이 어때요?"

조르바가 극락조를 담은 카메라를 흔들어 보이며 마치 자신의 일인 듯 기뻐한다.

극락조를 확인하느라 빼앗긴 시간 때문에 예정되어 있던 일정 한 곳을 취소하고 일행은 숙소로 돌아왔다.

그날 밤 식사를 마치고 돌아가는 길에, 조르바와 쟈니가 묵고 있는 방으로 나를 초대한다. 극락조를 확인한 기념으로 축배를 들잔다. 일회용 컵에 한국에서 가져온 소주를 따라 마시며 이야기를 나누던 도중 조르바가 또 다시 "식인종을 사냥하면 어떻게 요리를 해야 할지 연구중인데, 어느 부위가 제일 맛있을까?" 하는 말 등을 해서 한바탕 폭소가 터진다.

"문명인에게 잡아먹힌 식인종. 아, 그거야말로 정말 확실한 이슈가 되겠는데요."

그리고 다시 깔깔거리는 사이 술도 떨어졌다.

밤이 깊어가고 있다.

내일은 이곳 마당(Madang)을 떠나 산골 마을 마운트 하겐(Mt. Hagen)으로 들어가야 한다. 이른 아침 여섯 시 사십오 분발 비행기를 타고 마당 공항을 출발해 라애 공항에 도착한 후, 다시 연결편인 경비행기를 타고 출발하면 아홉 시경 마운트 하겐 공항에 도착하는 것이 예정된 일정이다. 그리고 또 다시 버스를 타고 한 시간 남짓 험악한 산골 길을 달려야만 예약되어 있는 숙소에 도착할 수 있는 좀 힘든 여정이 기다리고 있다.

"저야 상관없지만 윤아씨는 내일 새벽 다섯 시부터 움직여야 하니 오늘은 일찍 잠자리에 들어두는 게 좋을 것 같네요."

조르바의 말에 술자리를 털고 일어난다. 조르바가 숙소로 돌아가는 나를 데려다 주겠다면서 쫓아 나온다. 포트모리스비 공항에 도착했을 때처럼 어둠 속에서 이슬비가 내리고 있다. 이슬비를 맞고 있는 꽃잎 사이에서는 가느다란 소리로 풀벌레들이 울어댄다. 또르르또르르 귀뚜라미 소리와 비슷한 풀벌레 소리를 들으며 조르바와 나는 손을 잡고 아무 말 없이 그 길을 걷는다.

통나무로 된 숙소 몇 동을 지난다. 고개 숙여 인사하듯 어둠을 밝히고 서 있는 외등 불빛 사이로 내가 묵고 있는 동이 보인다. NO. 418, 내 방 문 앞이다. 나는 조르바의 손을 끌고 빠르게 계단을 올라가 현관문에 카드키를 밀어넣는다. 얼떨결에 문 앞까지 끌려와 서 있는 조르바에게 말한다.

"들어가 차 한 잔 하실래요?"

"차?"

짧게 묻던 조르바의 말이 채 끝나기도 전이다. 더운 바람이 부는가 했다. 훅 하고 열기가 느껴지는 가쁜 숨소리가 얼굴에 와 닿는다. 조르바가 내 어깨를 두 손으로 끌어안는다.

"날 너무 믿지 말아요. 여차하면 식인종 대신 당신을 잡아먹을지도 몰라요."

"그렇게 하세요."

"바보 같은 여자……."

"내가 싫어요?"

"당신과 나, 내일이면 헤어져야 하고 그러면 우린……. 필리핀과 한국이 가깝다고는 하지만 쉽게 오갈 수 있는 거리는 아니잖아요."

"조르바, 제가 생각한 것보다 훨씬 시시한 남자였군요. 제가 사람을 잘못봤나 보죠?"

"남자들이 여자보다는 훨씬 더 순정적이거든요. 지금 이 기분을 주체하지 못해서 저 방으로 들어갔다가…… 내 기억 속에 숨어 있을 윤아씨를 쉽게 지우지 못할 것 같아서 당신으로부터 도망치는 거예요. 그러니 잘 자요."

조르바가 끌어안았던 내 어깨에서 손을 풀고 어서 방으로 들어가라고 재촉한다. 어쩔 수 없이 돌아서서 문을 여는 내 눈에는 눈물이 핑 돈다. 아쉽고 안타깝기만 한 마음의 소용돌이 속, 무엇인가 해야 할 말이 있는 것 같은데도 무엇 때문인지 나는 아무 말도 할 수 없다. 다시 한 번 조르바가 '잘 자요!' 하는 말을 남기더니 나무 계단을 내려간다. 어둠 속 보일 듯 말 듯 내리고 있는 실비가 수은등 빛을 받아 날벌레들이 날아오르는 것처럼 반짝이고 있다. 그 길을 따라 되돌아가는 조르바의 모습이 실루엣으로 변하더니 내 시야에서 아주 사라졌다.

나는 문을 열고 방안으로 들어간다.

어둠 속에서 벽을 더듬어 불을 켰다. 장시간 밀폐되어 있었던 탓에 방안의 공기가 후텁지근하다. 베란다 문을 열어 놓고 침대 앞에 있는 의자에 앉아 정원을 바라본다. 희뿌연 빛을 발하고 있는 몇 대의 수은 가로등이 먹물 같은 어둠을 밀어내고 있는 정원에서 조르바가 서성이고 있는 것처럼 보였다. 내 가슴에 갑자기 커다란 구멍이 생긴 기분이다.

나는 조르바에 대해 알지 못한다. 그에게 아내와 아이가 있는지 없는

지, 아이가 있다면 몇이나 있는지, 가정생활은 행복한지 불행한지, 여자와 몇 번이나 사랑에 빠져 보았으며 그 사랑 때문에 마음을 설레며 희망에 젖어본 날들이 몇 밤이나 있었는지, 또 부드럽기 그지없어 보이던 그의 눈빛 속에도, 사실은 남들에게 쉽게 털어놓을 수 없었던 삶의 생채기들이 날 새운 면도칼처럼 푸른 빛을 띠고 덤벼들었던 절망의 날은 몇 밤이나 있었는지, 사업상 얼마 동안 포트모리스비에 머물다가 필리핀으로 돌아갈 것이라는 것 외에는 구체적으로 어떤 일을 하는지도 모른다.

그럼에도 불구하고 나의 뇌리 속은 온통 그가 보여준 것들로 가득 차 있다. 오늘이 며칠인지 일상적인 시간 개념 같은 건 의미가 사라진 탈속(脫俗) 같은 이 공간이 부추긴 현실성 없는 위험한 일탈이라는 걸 모르지 않는다. 하지만 그런 이유만으로 감정에 제동을 걸기에는 조르바의 깊은 눈빛과 툭툭 던져대는 유쾌한 농담, 해맑은 미소와 부드러운 말들이 멋진 장식깃을 늘어뜨리고 있는 극락조와 중첩되어 내게 남아 버린 여운이 너무 크다.

아린 가슴을 안고 잠이 들었다. 쏴아아아~ 거센 빗소리가 들린다. 열대우림 지역에서 곧잘 쏟아지다가 그쳐 버리는 스콜인가 보다. 나는 몸을 일으켜 베란다 문을 연다. 숙소 한 동을 통째로 떠내려 보낼 것처럼 엄청난 기세로 비가 퍼붓고 있다. 엄청나게 굵은 빗줄기를 하염없이 바라보고 있으니 뇌리에는 광란이라는 한 단어만 남아 있고 텅 비어 버린 기분이 든다. 빗줄기는 십 분, 이십 분, 삼십 분을 지났는데도 조금도 기세를 누그러뜨리지 않고 숨 가쁘게 퍼부어 댄다.

나는 저 광란의 빗줄기를 뚫고 조르바가 달려와 주었으면 하는 생각을 한다. 그러나 그 기대는 내 가슴에 아린 슬픔의 무늬 하나만 그렸을 뿐 조르바는 끝내 나를 찾아오지 않았다.

나는 내일이면 이곳 마당을 떠나 마운트 하겐(Mt. Hagen)으로 들어간다. 조르바는 포트모리스비로 가서 계획했던 일들을 하게 될 것이다. 그런 다음 이곳에서 나와 함께했던 시간들은 현지인 한 마을 새장 안에 갇혀 있던 극락조와 나란히 가두어 놓고, 그의 아내와 아이들이 기다리고 있을 집으로 가기 위해 공항을 빠져나갈 것이다. 예정되어 있던 이별임에도 불구하고 울컥 슬픔이 치밀어 오른다.

이 슬픔은 무엇을 향한 허기일까?

살아오면서 사람으로 인해 받은 마음의 상처가 없지 않아 섣부른 인연을 맺는 일을 꺼리던 나머지, 마음의 문을 꽁꽁 닫아 걸은 채 살아왔다. 그러나 이곳 더운 기류가 내 안의 빙하를 모두 녹여 버렸는지 다시 한 번 생의 극치를 맛볼 수 있는 순간을 꿈꾸고 있는 내 자신을 발견한다. 이것이 만일 사랑의 감정이라면……

나는 저 폭우에 내 자신이 수몰된다 해도 후회 따위는 하지 않으리라는 흥건한 슬픔 속에 나를 가두며 마침내 결심을 한다.

조르바가 저 비를 뚫고 끝내 오지 않는다면, 그 어떤 간절한 바람에도 불구하고 생의 실제의 물길은 현재를 역류시키지 못하는 비극만이 주어진 몫이라 해도, 이제 내 가슴속에서도 우렁찬 소리를 내며 트인 역류의 물길을 쫓아 내가 달려가겠다고……. 그래서 마당(Madang)의 풍경을 배경으로 극락조 한 마리를 품에 안은 조르바, 당신의 모습을 영원히 지워지지 않는 내 영혼의 판화 한 점으로 남겨두겠다고…….

'조르바, 아세요? 당신은 내가 찾던 낙원에서 내가 꿈꾸던 사랑을 하

고 싶었던 또 한 마리의 극락조였다는 것을……'

　그러나 나는 저 폭우 속으로 걸어가지 못하고 있다. 밤은 점점 깊어가고 폭우는 아직도 이 원시의 섬을 삼켜 버릴 듯 쏟아지고 있지만 내가 저 폭우 속으로 달려가지 못하고 있는 것은 거절이 두려워서가 아니다. 나는 알고 있다. 발가벗은 그대와 나, 꽃이 되고 새가 되어 만났던 그날 밤이 우리의 전생이었음을……. 천 년, 만 년, 아니 어쩌면 억겁의 세월을 지나 만난 오늘 또한 잠시 스쳐가는 슬픈 인연이 되어 헤어질지라도, 그 꽃잎 그리움의 눈물 되고 그 깃털 긴 기다림이 되었다가 육신을 벗고 혼백이 되어 우리 다시 어느 새들의 몸을 빌려 환생을 하면, 그때는 이별 없는 창공에서 둘이만 아는 지저귐으로 환희의 내 사랑, 마음껏 애무할 수 있으리라는 것을 알았기 때문이다.

　얼마나 시간이 더 흘렀을까?

　숨가쁘게 퍼붓던 빗줄기가 잦아든다.

　밤은 정적에 휘감기고 나는 이별의 새벽을 위해 눈을 감고 잠을 청한다. 닫힌 눈꺼풀 속으로 어디선가 울어대던 밤새소리 속에 극락조가 된 나와 조르바가 나란히 날고 있다.

내 영혼
그 숲속 한 마리 새가 되어 날고

- 극락조를 찾아서 그 후 -

비가 내리고 있습니다. 비에 젖고 있는 저 숲을 바라보며 생각합니다. 지금도 그날처럼 여전히 비가 내리고, 새들 또한 여전히 울고 있을 그 숲을…….

어느 사이 일 년도 더 지난 시간이 되어 버린 만큼 그때의 기억들 중 일부는 지워지거나 희석되었습니다. 그래도 열대우림 지역에 속해 있는 원시의 나라, 파푸아뉴기니에서 극락조를 찾아다녔던 일과 하루에도 몇 차례씩 스콜이 내리던 그 숲에 관한 기억만큼은 빗줄기에 먼지를 씻어낸 푸른 나뭇잎 색깔만큼이나 선명합니다.

아, 그 숲과 극락조에 관한 추억을 말하기 전에 지금 내가 있는 곳부터 말해야 할 것 같습니다. 나는 지금 서울 근교 강물이 내려다보이는 산

자락에 위치하고 있는 어느 카페에 와 있습니다. 여기는 내게 특별한 의미가 있는 그런 장소는 아닙니다. 목적 없는 방황으로 혼자 왔습니다. 살아가다 보면 때때로 나만의 밀실이 필요해지는 그런 순간이 있으니까요.

카페 벽은 큰 통유리창으로 되어 있어 바깥 풍경이 고스란히 내다보이는 그런 곳입니다. 손님이 몇 명 있습니다. 홀 중앙에 놓여 있는 원탁 앞에는 여고 동창생들의 모임인 듯 사십 대 초반의 여자 몇 명이 둘러앉아 음악 소리를 압도하는 웃음소리로 깔깔대기도 합니다.

몬테스트라 화분이 놓여 있는 구석자리에는 중년의 남녀들이 나란히 앉아 있습니다. 부부 같아 보이지는 않습니다. 그들 외에도 친구인지 연인 사이인지 다정해 보이는 이십 대 남녀 두 쌍이 있었습니다만 조금 전 나갔습니다.

이곳에 오기 전 은우를 만났습니다. 오늘 은우의 사진 전시회가 오프닝한 날이었기 때문입니다. 대형 화환 몇 개가 늘어서 있는 전시장 입구를 거쳐 안으로 들어서자 방문객들이 제법 붐비고 있었습니다. 좀 늦게 전시장을 찾았습니다. 오프닝 행사는 이미 끝난 뒤였습니다. 방문객들은 노란 조명 아래에서 전시된 사진을 관람중이거나 삼삼오오 모여서서 종이컵 안에 들어 있는 찻물을 홀짝이며 이야기를 주고받고 있었습니다.

은우와는 어릴 적부터 친구입니다. 은우는 새를 전문으로 찍는 사진

작가이고, 나는 소설가입니다. 내가 새에 대해 본격적으로 알게 된 것은 은우 덕분입니다. 둘이 같이 일을 한 적도 있습니다. 그 경험이 적잖은 영향을 끼치면서 나도 새들의 세계에 깊이 빠져들었습니다. 새들을 대상으로 삼는 다큐 세계는 암수가 짝짓기를 하고 나면 암컷은 산란을 하고 알을 깨고 세상 밖으로 나온 새끼 새들— 그 작은 생명 한 마리가 유추 기간을 거쳐 성조가 되어 무리 속으로 합류하는 과정을 관찰을 통해 검증된 사실만 다루는 것입니다. 그 작업을 통해 생명이 탄생하는 경이의 순간을 접하거나, 솜털이 깃털로 변하는 성장 과정을 지켜보는 일은 참으로 흥미진진한 일입니다.

은우는 내가 아주 다큐쪽으로 자리잡기를 바라는 눈치를 보였습니다. 하지만 나는 다큐 아닌 소설을 선택했습니다. 그건 사실적인 것에만 포커스를 맞추는 다큐의 세계와 차원을 달리하여 상상을 통해 허구의 사건과 허구의 인물을 만들어 내고 인간 내면에 내재하고 있는 욕망의 정체나 생의 단면 속에 감춰져 있는 진실을 깨닫거나 밝혀내는 소설이 내게는 또다른 매력을 느끼게 하기 때문입니다.

은우는 전시실 중앙에서 한 남자와 이야기를 나누고 있었습니다. 은우의 사진 작업과 관련된 업종에 종사하는 사람으로 짐작됩니다. 내셔날그래픽이나 그라피카 같은 출판이나 필름 회사에 종사하는 사업가이거나 직원일 가능성이 큽니다. 잠시 후 은우와 남자가 악수를 나누더니 전시장 출입구 쪽으로 걸어갑니다. 은우는 그때서야 나를 발견하고 환한 웃음을 지어 보입니다. 남자의 뒤를 따라나가 배웅을 하고 왔습니다. 그리고 전시장 중앙에 다과가 놓여 있는 탁자로 나를 데리고 갔습니다. 차를 마시며 이야기를 나누는 동안 은우의 몸에서는 새들의 생태를 관찰하고 사진을 찍느라고 산과 들, 때로는 무인도로 돌아다니며 묻혀온 풋풋하고 신선한 활력이 전신에서 배어나는 듯했습니다.

살아오면서 나는 두 종류의 사람을 곁에 두고 살고 있다는 것을 알게 되었습니다. 한 종류의 사람은 드물지만 속내가 맑아 신뢰하여 내 마음 안에 두고 있는 사람입니다. 또 한 종류의 사람은 순간에 살고 순간에 죽는 경박 단순함, 걷지도 못하는 주제에 나는 폼을 잡는 허장성세(虛張聲勢)를 일삼는 형, 진실을 가장하고 있으나 내심은 이용할 속셈뿐인 형 등 세속의 때가 덕지덕지 묻은 나머지 도무지 신뢰할 수 없어 마음 밖에 두고 보는 사람들입니다. 은우는 속내가 맑은 느낌이 한결같아 내가 마음속에 두고 있는 몇 명 되지 않는 사람 중에 한 명입니다.

나는 등짐을 잔뜩 지고 사막을 횡단하는 낙타처럼 내 삶의 짐이 버겁다는 느낌이 들 때나, 뭔가 모를 것들이 심한 억압을 가해오는 순간이면 무의식중에 비상과 추락을 반복하는 새들의 환영과 쪽진 머리에 하얀 소복을 입은 무희가 추는 살풀이 춤사위 사이로 각혈 같은 한(恨)의 가락인 듯 들려오는 새들의 울음소리를 듣곤 했습니다. 은우가 새를 찾아 전국을 떠돌며 그 모습을 카메라에 담는 시간, 내 영혼 또한 이름 없는 새가 되어 허공을 떠돌고 있었습니다.

은우는 오프닝 행사를 잘 치렀다는 말에 이어 전시회를 마치면 또 곧바로 어느 무인도로 들어가야 한다는 말을 했습니다. 그때였습니다. 출입구 쪽에서 찾아온 방문객을 안내하던 도우미 아가씨가 다가오더니 손님이 왔다고 알려주었습니다. 곧바로 한 남자가 다가왔습니다. 은우가 낮은 목소리로, "저 양반 필름 현상소 사장인데……." 하는 말을 하고는 자리에서 일어났습니다. 그걸 보고 나도 그 사이 전시된 사진이나 관람해야겠다는 생각으로 일어났습니다.

나는 전시된 사진을 살펴보기 시작했습니다. 검은머리물떼새, 꼬마물떼새, 꾀꼬리, 도요새, 두루미, 딱새, 백로, 붉은머리오목눈이, 뻐꾸기, 붉은배새매, 쇠제비갈매기, 장다리물떼새, 큰고니, 개개비, 괭이갈매기, 가막딱다구리 같은 새들을 보며 연신 후후후 웃었습니다.

이 새들 중에는 직접 본 것들도 있고 은우가 넘겨준 자료를 통해 간접적으로 본 새들도 있습니다. 여름철새로 노란 안경을 쓴 것처럼 눈 주위에 테를 두르고 몸길이가 16센티미터 정도밖에 되지 않는 작은 몸집의 꼬마물떼새 수컷이 암컷에게 구애를 하던 장면을 관찰했던 일이 떠오릅니다.

꼬마물떼새들이 서식하는 곳은 자갈밭이 있는 강물의 가장자리나 한강 고수부지 같은 곳인데, 우리나라에 찾아와 제일 먼저 하는 일은 짝을 찾는 일입니다. 꼬마물떼새들이 짝짓기를 시작하는 3월, 한강 고수부지 여기저기서 3~4마리 새들의 소리가 뒤섞여 들리고 있었습니다. 그건 암수가 짝짓기를 하기 전 마음에 드는 상대를 찾아 내 사랑을 받아달라고 프러포즈를 하는 중이랍니다.

그러나 꼬마물떼새들은 마음에 드는 상대를 만났다고 하여 곧바로 짝짓기에 들어가는 것이 아니라 다른 새와는 달리 특이하고 까다로운 절차를 거쳐야만 가능합니다. 망원 렌즈에 포착된 꼬마물떼새는 수컷으로, 열심히 둥지를 만들고 있었습니다. 땅바닥에 배를 대고 엎드려 두 다리로 작은 흙을 파내는 작업을 하기를 한동안, 수컷의 배 밑에는 작은 웅덩이 하나가 나타났습니다. 그런 다음 수컷은 암컷을 부르는 듯 특이하게 들리는 울음소리를 내기 시작했습니다. 잠시 후 어디서 날아왔는지 암컷 한 마리가 종종걸음으로 달려와 수컷 곁으로 다가서는 것이 보였습니다. 수컷이 양 날개와 꼬리를 펴서 암컷을 맞이했습니다. 그러자 암컷이 수컷이 만든 둥지 안으로 들어가 앉아 보는 모습이 보였습니다. 암컷이 이내 밖으로 나오고 말았습니다. 그건 수컷이 만든 둥지가 마음에 들지 않는다고 퇴짜를 놓은 것인가 봅니다.

수컷이 다시 새 둥지를 만들기 시작했습니다. 어떤 경우에는 수컷이 가엾어 보일 만큼 하루 종일 그 일이 반복되기도 합니다. 그날 본 꼬마물떼새 수컷은 그래도 둥지를 만드는 실력이 좋았나 봅니다. 세 번째 만든 둥지에 들어가 앉아본 암컷이 밖으로 나왔습니다. 수컷도 암컷 옆에서 앞가슴을 크게 내밀고 군인아저씨의 절도 있는 걸음걸이 같은 자세로 따라 걸어갔습니다. 둥지에서 1미터쯤 떨어진 곳이었습니다. 암컷이 걸음을 멈추고 몸을 낮추더니 수평 자세를 취했습니다. 그건 둥지가 마음에 드니 짝짓기를 허락한다는 태도였습니다.

암컷이 둥지에 대해 그토록 까다롭게 구는 것은 만일 둥지를 대충 지으면 천적의 습격을 당하기 쉽고, 또 빗물이 고일 때를 대비해 알을 보호하기 위한 안전장치입니다. 둥지가 마음에 든다는 암컷의 태도가 있고 나면 그때부터는 암수가 서로 힘을 합하여 더 튼튼한 둥지를 짓기 시작하는데, 작은 돌을 모아 오목하게 들어간 형태로 짓습니다. 3~4일간 이어지는 둥지 짓기, 그런 절차를 거치고 나서야 꼬마물떼새들은 본격적으로 짝짓기를 합니다. 그런 행위 역시 생존 방식의 한 수단이겠지만 그때 본 수컷 꼬마물떼새의 지칠 줄 모르는 구애 행위는 정말 감동적이었습니다.

그런 꼬마물떼새 외에도 자기의 영역 안으로 들어오면 일제히 하늘로 날아올라 침입자에게 똥 세례를 퍼부어 대던 쇠제비갈매기, 자기 둥지를 갖지 않고 어둠이 내리는 시간을 기다려 붉은머리오목눈이가 낳아 놓은 알을 밀어내고 탁란을 하는 천적 뻐꾸기와 자기 몸집보다 몇 배나 큰 뻐꾸기 새끼에게 모이를 물어주다 지쳐 죽기도 하는 숙주인 붉은머리오목눈이의 관계, 생긴 모습은 점잖은 선비이지만 한 나무에 옹기종기 모여 둥지를 짓는 습성이 있는 왜가리의 경우 더러 엉큼한 녀석들이 남이 짓고 있는 둥지의 나뭇가지를 슬쩍 훔치다가 들켜 싸움이 붙는 장면을 관찰하다 보면 인간들이 갖고 있는 한 단면을 보는 것도 같고, 날짐승들의 세계에도 생존을 위해 저토록 치열한 전쟁을 치러내고 있다는 사실에 가슴이 뭉클해집니다.

　내가 전시된 사진을 모두 둘러보고 난 후에도 은우는 손님들을 맞이하느라 경황이 없어 보였습니다. 머뭇거리다가 나는 은우에게 그만 가 보겠노라고 말했습니다. 은우에게 특별히 할 이야기가 더 남아 있는 것은 아니었으니까요. 은우가 전시장을 나서는 나를 배웅하느라고 출구까지 쫓아 나왔습니다. 그 은우가 입가에 장난기 어린 미소를 지어 보이며 내게 그렇게 묻더군요.

　"아직도 파푸아뉴기니에서 보고 왔다는 그 극락조에 빠져 있나요?"

　나는 대답 대신 어색한 웃음만 지어 보이고 전시장을 나왔습니다.

　건물을 나오자마자 빈차 표지판을 달고 달려오는 택시가 있어서 탔습니다. 하늘을 가리며 높이 치솟아 있는 빌딩들, 상점의 간판과 구매

충동을 자극하는 광고판들이 즐비한 거리를 스쳐갑니다. 그 거리에는 정오가 되면 날개를 활짝 펴 보이는 공작처럼 인생의 화려한 정오를 꿈꾸는 사람들의 발걸음들로 복잡합니다.

나 또한 한때는 내 인생의 화려한 정오를 꿈꾸며 그 거리 어디쯤을 서성거린 적이 있습니다. 뭔가 폼 나는 인생을 살게 될 거라는 기대로 들떴던 야심이 있던 시절 말입니다.

그러나 지금 그 욕망이 허욕에 지나지 않았다는 걸 깨달았습니다. 그렇게 이제는 가능보다 불가능의 도수가 높아지고 있다는 걸 의식하게 되면서 화사하게 핀 봄꽃들이 지천인 날에도 종종 마음 한구석 쓸쓸해지는 날이 있습니다. 어쩌면 오늘 느닷없는 이런 방황의 발단도 저 도시를 빠져나오는 동안 쓸쓸함에 이어 답답함이 가슴을 짓누르는 기분을 못 견딘 나머지 임시변통으로나마 숨통을 틀 곳이 간절해진 때문입니다.

이곳에 오기 전부터 잔뜩 흐려 있던 하늘이 밤인지 낮인지 분간할 수 없을 만큼 시커멓게 변하더니 조금 전 창유리에 빗방울들이 달라붙으며 깨 볶는 소리를 내기 시작합니다. 빗줄기는 수양버들 가지만큼 굵습니다. 살이 통통하게 오른 참나무와 아카시아 이파리를 비롯해 이름 모를 잡목들을 타고 오르는 칡덩굴 등은 거칠게 퍼붓는 빗줄기를 감당하기 벅찬 듯 신음 소리를 토해냅니다. 그 신음 소리가 커지면 커질수록 이파리에 쌓여 있던 먼지들이 말끔히 씻기며 숲은 청명한 빛을 더해갑니다.

그 나무들 사이로 날고 있는 작은 산새들도 부산합니다. 모두 쏟아지는 빗줄기를 피해 서식하고 있는 나무로 돌아가는 중인가 봅니다. 어릴 때 새들은 비가 오면 날개가 젖어서 춥지 않을까 나도 같이 오들오들 떨며 걱정을 했던 기억이 떠오릅니다. 하지만 어른이 된 지금 나는 그런 걱정은 하지 않습니다. 새들은 물과 기름이 서로 섞이지 않는 원리를 어떻게 알았는지, 꽁무니에는 기름샘을 담아 놓고 부리를 이용해 수시로 깃털에 발라주기 때문에 날개가 비에 젖는 일은 없다는 것을 알게 되었기 때문입니다. 저 새들의 날개가 비에 젖지 않듯 내 생의 날개 또한 어떤 폭우에도 젖지 않을 수 있다면 얼마나 좋을까요.

까치들이 요란하게 짖어대는 소리가 유리벽을 타고 들려옵니다. 새들이 소리를 내는 것은 서로 의사 전달을 하기 위한 일종의 '말'이지요. 그 말은 집합이나 이동 신호를 보낼 때, 먹이를 발견했을 때, 영역을 알리거나 천적에 대한 경고, 어미와 새끼들의 관계를 확인하는 수단, 사랑을 표현할 때라고 합니다. 까치의 울음소리가 날카롭고 불안하게 들리는 것으로 보아 어릴 때 내가 비를 맞고 돌아다니면 어머니가 소리를 질러 어서 집으로 들어가라고 야단을 쳤던 것처럼, 어미 새도 새끼 새에게 비가 오는데 빨리 집으로 들어가지 않고 뭐하냐고 걱정을 담은 꾸지람을 하고 있을 거라는 상상을 해보기도 합니다.

나는 그 새소리를 들으며 유리벽 너머로 보이는 저 숲을 정글의 나라 파푸아뉴기니의 풍경과 중첩시켜 봅니다. 하루에도 몇 번씩 스콜이 쏟아지고 내가 일행들과 묵었던 산골 로찌 주변에 온갖 종류의 꽃들과 숲 사이로 무어라 형용하기 어려운 아름다운 소리를 내며 날아다니는 수많은 새들이 있던 바로 그 풍경을 말입니다. 저 숲을 통해 극락조를 보았던 마을과 스콜에 갇혔던 그 숲속을 걷는 나를 떠올릴 때면 행복감이 솟구칩니다. 이곳에 오기 전 은우가 내게 아직도 극락조에 빠져 있느냐고 물었었죠? 솔직히 말하겠습니다. 그래요. 난 여전히 그 극락조에 빠져 있습니다.

극락조에 관한 이야기를 좀 해야 할 것 같습니다.

내가 극락조라는 새 이름을 처음 들었던 것은 아주 오래 전으로, 스무 살 무렵입니다. 어느 날 친구가 함께 연극 공연을 보러 가자고 하더군요. 공연 장소는 신촌에 있는 작은 소극장이었습니다. 극작가가 누구인지 모르지만 연극의 제목은 〈승천〉이었던 것으로 알고 있습니다. 세월이 너무 많이 흐르고 보니 연극의 내용 중 기억하고 있는 것은 일부분에 지나지 않습니다만, 캄캄한 어둠 속에서 한 여자가 흐느끼는 소리로 시작되었던 것은 분명합니다. 거기서 기억은 끊기고 무대 중앙에 관이 놓여 있고 그 앞에는 소복을 입은 한 여자가 앉아 있었습니다. 여자는 처연한 표정을 짓고 관객을 향해 말했습니다.

나는 세상에서 가장 아름다운 것은 사랑이라 믿었노라고……. 그래서 한 남자를 사랑했는데 불행히도 불륜이었다고……. 해서는 안될 사랑이란 없는 것이라고 믿어 금기의 경계를 넘으려 했지만……. 지금 저 관에는 여자가 사랑했던 남자가 누워 있다고……. 여자는 죽은 남자의 원혼이 못다 한 사랑으로 한을 품고 이승을 떠돌지 않고 살아 꿈꾸었던 대로 극락조로 환생하는 일을 돕기 위해 원혼을 달래는 춤을 추기 시작했습니다. 그러자 암흑으로 변한 무대 위로 노란 불빛이 새처럼 이곳저곳 날아다니면서 막이 내렸습니다.

인간의 영원한 문제인 사랑의 욕망에 대해 파멸과 승화에 포커스를 맞추고 있다는 점과 독특한 무대장치가 무척 인상적이었습니다. 당연한 귀결로, 해서는 안될 사랑을 한 대가로 파멸을 맞았지만, 그런 불륜의 비련도 감동이 될 수도 있다는 걸 나는 연극을 통해 보았습니다.

　나는 죽은 남자의 영혼이 극락조가 되기를 빌며 춤을 추던 무대 위 여자를 통해서 난생 처음 극락조라는 이름의 새가 있다는 것을 알게 되었습니다. 그리고 좀 더 나이가 들어 불교에서 극락조는 몸은 새이면서 머리는 사람인 가릉빈가로 묘사되어 신성시되고 있다는 것을 알게 되었습니다. 아무튼 나는 1년 전까지만 해도 극락조인즉 죽음과 결부된 환상의 저승새라고 알고 있었습니다.

　그런데 극락조가 인간의 환상이 만들어 낸 저승새가 아니라 실존하는 새라는 것을 확인했습니다. 그 확인지가 바로 파푸아뉴기니입니다. 파푸아뉴기니는 남십자성을 따라가면 남태평양 연안 필리핀과 호주 사이에 공룡 모양을 한 섬나라로 극락조를 국조(國鳥)로 삼고 있는 나라입니다. 그런 만큼 이동할 때마다 몇 번이나 경비행기를 갈아타야 했습니다. 그때마다 경비행기 동체에는 극락조가 커다랗게 그려져 있었습니다.

　필리핀을 경유해 파푸아뉴기니에 도착하자 익숙했던 문명의 시공은 어디론가 증발해 버린 듯 사라지고 나는 아득한 과거로 되돌아간 듯 낯선 원시의 공간에 있었습니다. 맨발로 거리를 걷고 있는 주민들, 전통 마을에서는 아직도 가슴을 드러내고 풀잎으로 만든 치마를 입은 여자들과 성기만 가리는 코데카 차림을 한 남자들은 건초를 엮어 올린 지붕에 통나무로 만든 집에서 전깃불도 없는 원시적 생활을 하고 있었습니다. 어느 곳을 가든지 마을과 거리는 그곳에 서식하는 9000여 종에 이르는 꽃들과 울창한 열대 나무들로 뒤덮여 있고 새들이 아름다운 소리로 지저귀고 있었습니다. 그곳은 마치 내가 죽어 영혼의 세계에 들어와

둥둥 떠다니는 것만 같던 몽롱한 기분이 지금도 여전합니다.

인류학자 말리노프스키의 저서 《미개인들의 성과 억압》을 통해 보면 이곳 원주민들의 성(性)에 대한 인식이란 성관계에 있어서 자기 자매와의 관계를 제외하고는 결코 부끄러움이나 죄의식을 느끼지 않는다고 되어 있더군요. 지금도 그곳 사람들의 성 인식이 그런지 그건 모르겠습니다만 현재까지도 일부다처를 인정한다고 합니다. 일부일처라고 해서 결함과 모순이 없는 것은 아니지만 아직도 일부다처라니 솔직히 반발심이 좀 들기는 했습니다.

그곳이 일부다처가 허용되는 사회라는 걸 알고 일행으로 외국인이지만 한국계인 조르바라는 남자가 내게 농담을 했었습니다.

'당신, 한국으로 돌아가지 말고 여기서 제임스와 아주 주저앉아 살아버리지…….'

조르바는 여행기간 동안 나와 가장 가깝게 지냈던 남자였고, 제임스는 우리 여행 팀을 안내하던 가이드였습니다. 제임스에게는 현재 부인이 한 명 있다고 하니 조르바의 농담대로 한다면 내가 두 번째 부인이 될 것 같군요.

그때 나는 그렇게 농담을 하는 조르바에게 웃음 반, 눈흘김 반을 보이며 〈화이트 마사이〉라는 영화를 떠올렸습니다. 스위스 백인 여자와 케냐 마사이 남자 사이의 사랑과 이별에 관한 이야기였습니다. 백인 여자가 케냐의 마사이마라에 들어왔다가 자연과 동화되어 순박하게 살아가는 마사이 남자에게 반해 사랑에 빠진 후 결혼을 합니다. 하지만 두 사람은 관습이 다른 문제로 인해 오해가 증폭되는 나날을 보내게 됩니다. 사람을 대할 때 시선을 마주보며 말하는 것을 보고 마사이 남편은 아내가 바람을 피우는 것으로 의심을 하다가 서로 뺨까지 때릴 만큼 감정이 격해지고 맙니다. 결국 백인 여자는 그런 마사이 남편과 더 이상 살 수 없다는 판단을 내리고 마사이마라를 떠나기로 합니다. 스위스로 돌아가기 위해 딸과 함께 버스를 타는 백인 아내에게 마사이 남편은 그렇게 말합니다.

"당신 돌아올 거지?"

백인 아내는 돌아온다는 말을 합니다. 그리고 버스는 먼지를 일으키고 멀어져 갑니다. 마사이 남편은 멀어져 가는 버스를 바라보며 이렇게 중얼거립니다.

"당신이 이곳에 다시 안 돌아올 줄 난 이미 알고 있어."

만일 조르바의 농담을 진심으로 받아들여 나 또한 마사이 남자와 사랑에 빠진 백인 여자처럼 그곳에 머물러 살고 있다면 지금쯤 내게 어떤 일들이 일어나고 있을까요? 지금껏 살아왔던 문명 세계와 단절하고 자연으로 돌아가는 일이 과연 가능할까요?

극락조가 우리가 사는 이승에서는 볼 수 없는 저승새가 아니라 실존하는 새라는 것을 확인한 것도 그날이었던 것으로 기억하고 있습니다. 파푸아뉴기니에서는 극락조를 'PARADISE BIRD'라고 부르는데, 그 종류는 20여 종 남짓 됩니다. 생김새가 가장 화려한 것은 몸통이 청둥오리 비슷하면서 꽁지에 희고 노란색이 섞여 있는 장식깃이 무려 1미터나 되는 'GREATER BIRD OF PARADISE' 종입니다. 하지만 극락조는 우리가 있는 곳보다 더 깊은 정글 속으로 들어가야만 볼 수 있었습니다. 일행 중에는 나와 조르바 외에도 새에 관심을 보이는 사람들이 더 있었습니다. 덕분에 다른 일정을 취소하더라도 반드시 극락조를 봐야

한다는 쪽으로 의견이 모아졌습니다. 우리를 안내하던 가이드 제임스가 정글에서 붙잡혀 온 극락조 한 마리가 마을 새장에 갇혀 있다는 정보를 얻어냈습니다.

마을 새장 안의 극락조는 머리는 노란색, 목은 진한 녹색의 깃털을, 날개와 몸통은 붉은빛이 도는 갈색, 어림짐작으로 50센티미터쯤 되어 보이는 장식깃은 몸통과 같은 붉은빛이 도는 갈색을 하고 있는 'RAGGIANA BIRD OF PARADISE' 라고 부르는 종이었습니다. 녀석의 모습은 단순히 예쁘다거나 화려하다는 표현만으로는 부족한 신선(神仙)의 모습이 저런 게 아닐까 하는 신비스러운 분위기를 물씬 풍기고 있었습니다.

그런 자태로 인한 것인지 이 극락조의 새말인 즉 '사랑을 하기 위해 멋을 부리는 남자' 라는 뜻을 가지고 있더군요. 번식기가 되면 극락조 수컷들은 암컷의 사랑을 얻기 위해 나뭇잎을 뜯어 무대를 만들어 놓고 춤을 춘다고 합니다. 그러면 암컷이 수컷을 돌아보며 마음에 드는 상대를 골라 짝짓기를 한 후 혼자 둥지로 돌아간다고 합니다. 암컷은 산란과 부화는 물론 새끼를 기르는 일에도 수컷의 도움을 받지 않는다고 합니다. 그러니까 극락조 암컷에게는 수컷을 선택할 권리가 주어진 반면, 수컷은 새끼를 부양해야 하는 책임을 갖지 않나 봅니다.

우연한 일치인지 몰라도 이곳 원주민 남자들도 극락조 수컷처럼 생식만 가능할 뿐, 새끼를 기르는 일에 대해서는 책임은 물론 권리도 갖지 못하고 있다고 합니다. 이곳 파푸아뉴기니 원주민은 모계제로 친족관계가 오로지 어머니를 통해 계산되고, 혈통과 상속이 모계를 따라 내려가는 사회질서를 갖고 있다고 하는군요. 이것은 남아나 여아나, 어머니의 친정이나 그녀의 동족 또는 공동에 속한다는 것을 의미합니다. 그리고 남아는 외삼촌의 명예와 사회적 지위를 계승하므로 상대적으로 아이들이 재산을 상속받는 것은 아버지가 아니라 외삼촌이나 이모로부터라고 합니다.

어쨌든 나는 그날 극락조가 저승새가 아니라 실존하는 새라는 사실을 확인하고는 무척이나 들떠 버렸던 기분, 지금도 생생합니다.

파푸아뉴기니는 열대우림 지역에 속해 있어 하루에도 몇 차례고 스콜이 쏟아지곤 했습니다. 그날 밤, 그 숲도 비에 젖고 있었습니다. 풀벌레 소리와 함께 잠꼬대인 듯 나지막하게 꾸르륵꾸르륵 들려오는 새소리가 귓전을 맴돌기도 하던 풍경 속에서 돌아본 내 모습은 많은 상처들로 얼룩져 있었습니다. 그 빗줄기로 상처를 씻어내고 그 숲의 푸른 정기로 내 피를 수혈 받는 기분이었습니다. 아, 어디 하나 묶인 곳 없이 새가 되어 창공을 나는 듯한 자유로움이라니요. 그래요. 그곳은 분명 낙원이었습니다.

그 기분으로 조르바를 만나 함께 술을 마시며 살아온 이야기를 나누었습니다. 호감을 느끼고 있던 사람이 속내를 보여주면 남모르는 비밀을 공유한 것 같아 친근감이 배가(倍加)되기 마련입니다. 더욱이 조르바가 새를 친구 삼아 보낸 유년 시절을 이야기할 때는, 은우와 단 한번도 만난 적 없이 서로 다른 공간에서 살아왔음에도 불구하고 마치 두 사람이 동일인물 같은 혼란이 느껴질 정도였습니다. 그 분위기 속에서 내 몸과 마음은 그곳 숲속으로 한없이 젖어들며 마치 원초의 나로 돌아간 듯한 기분이 들었습니다.

그 기분 탓이었을까요. 문득 조르바의 가슴속에서도 오랜 세월을 거쳐 숲을 이룬 나무들에게서 나는 듯한 푸른 냄새가 배어 나오는 것만 같았습니다. 정신이 아득해지는 현기증과 함께 조르바가 내 마음속으로 들어오고 있었습니다. 내 욕망이 조르바를 향해 푸른 피돌기를 하고 있다는 걸 느낄 수 있었습니다.

"조르바, 당신 몸에서 저 숲 냄새가 나요."

내 말에 조르바가 환하게 웃으며 말했습니다.

"당신의 가슴속에서는 극락조 울음소리가 들려오고요."

"그럼 오랫동안 이름 없는 새로 떠돌던 나, 이제 당신이란 숲에 내 영혼의 둥지를 틀어도 될까요?"

"그럼요, 되고말고요."

조르바의 말에 나는 숲속 깊숙한 곳까지 날아갔습니다. 그 숲속에서 조르바가 말했습니다.

"내가 살아 있는 동안은 당신을 잊지 않고 이 숲에서 기다리고 있을 겁니다. 그러니 언제든지 이 숲으로 날아오세요. 당신이 있어 내 숲은 더욱 무성해질 테니까요."

열흘간의 여행을 마치고 한국으로 돌아왔습니다. 여행 후 대부분 시차 적응에 불편해 하는 일과 달리 나는 기온 적응에 불편을 느껴야 했습니다. 그럴 수밖에 없는 것이 그곳은 섭씨 30도가 넘는 열대기후였던 반면, 이곳 서울은 떠났을 때와 마찬가지로 한파가 몰아치고 있었기 때문입니다. 그 외에 내 일상은 여행을 떠나기 전이나 마찬가지인 나날이 이어졌습니다.

식사 준비와 청소를 하고, 컴퓨터 앞에 매달려 원고를 쓰고, 산책을 하고, 마트나 백화점에 가서 필요한 물품을 구입하고, 친지나 친구들을 만나 수다를 떨기도 하고, 동료들을 만나고 헤어지는 일이 반복되는 그런 평범한 일상입니다.

그런 한편으로, 나는 여전히 파푸아뉴기니 그 숲속을 헤매고 있었습니다. 연극 속의 여자처럼 파멸을 맞더라도 그 사랑에 당당하지도 못하고, 영화 〈화이트 마사이〉의 백인 여자처럼 그곳에 남을 용기도 없었던 겁쟁이 주제에 말입니다.

그런 내 모습이 싫어 나는 그 숲의 기억으로부터 도망치기로 결심했습니다. 내가 그 숲을 그리워하며 마음앓이를 하고 있던 그 시간, 어쩌면 그날의 흔적이란 말끔히 지워져 있을지도 모른다고……. 그러니 이제 그 숲의 환상에서 빨리 빠져나와야 한다고……. 마사이 남자가 떠나는 백인 아내의 등뒤에서 다시 그곳으로 되돌아오지 않을 걸 이미 알고 있었다고 독백을 흘리고 있었듯이, 나도 다시 그 숲으로 되돌아가지 못할 것이란 걸 이미 알고 있지 않았었냐고……. 그렇게 그 숲으로 향하는 마음을 부정하며 다시는 그곳으로 날아갈 수 없는 내가 되기 위해 내 몸에 난 깃털을 뽑는 일을 했습니다.

누구에겐가 홀려 있을 때는 뜻없이 빙그레 웃는 미소 한 줄기에도 찬란한 빛으로 보이는 그 환(幻)도 깨고 나면 남루한 옷가지처럼 추해 보이듯, 그 숲의 의미 또한 내게 그렇게 소멸해 갈 것이라고 생각했습니다. 그러나 이 무슨 운명일까요. 깃털을 뽑아 버린 그 자리에는 어느새 새 깃털이 자라 있고 여전히 그 숲속을 향해 날아가고 있는 나를 발견할 뿐입니다.

그런 내 가슴에 깊은 웅덩이 하나 움푹 패인 채 슬픔이 고여 있습니다. 이 슬픔-환(幻)이 스러지고 나면 비애가 찾아들기 마련이듯 소망하지 않아야 할 것을 소망하는 어리석음으로 인해 바닥이 보이지 않을 만큼 깊고 깊은 심연의 고통이 불길 되어 타오르는 곳이라는 무저갱에 감금되어 버린 것일까요? 그것이 아니라면 늘 육체를 이탈해 허공 어디인가를 떠돌기만 하던 내 영혼이 비로소 안식할 곳을 찾은 걸까요?

그래서 이 슬픔이 깊으면 깊을수록 그 숲의 빛은 더욱 명징해지고 무성해지는 일이 되는 걸까요?

진실이 무엇이든 솔직히 나는 이미 알고 있었습니다. 하늘과 땅이 맞닿아 있는 것처럼 보이는 지평선의 접점도 실상 다가가 보면 다시 저만큼 물러나 있듯이, 우리가 사랑이라 믿으며 꿈꾸는 그 낙원이란 있고도 없고, 없고도 있는 그런 허상에 지나지 않는다는 걸요. 그럼에도 불구하고 인간이란 그 허상을 제 운명으로 알고 찾으려 애쓰고, 잡으려 애쓰고, 믿으려 애쓰는 일로 한 생(生)을 살다 가는 그런 존재들이라는 것에 대해서도요.

시간이 꽤 흘렀나 봅니다.

빗줄기가 유리창에 굴곡을 그리며 수십 마리의 말들이 한꺼번에 뛸 때처럼 요란한 말발굽 소리를 내던 빗소리도 이제 들리지 않습니다. 뚝~ 갑자기 적막 속으로 빠져 버린 듯한 그 조용함이 나에게는 오히려 소리 없는 고함이 되어 몽상에 잠겨 있던 나를 현실로 끌어냅니다. 정신을 차리고 습기로 인해 반투명 유리로 변해 있던 유리벽을 손바닥으로 문질러 밖을 살펴봅니다. 예측대로 비는 그쳐 있습니다. 숲 능선을 타고 어둑어둑 일몰의 기운이 감돌고 있는 것도 보입니다. 오늘 하루가 또 그렇게 저물어 있습니다.

자리를 털고 일어나 카페를 나옵니다. 습기가 채 마르지 않아 끈끈함이 묻어나는 바람이 휘감고 지나갑니다. 나뭇잎들은 바람에 흔들릴 때마다 첼로의 현을 켤 때처럼 가슴속을 휘젓는 아린 소리가 들려옵니다. 이 길을 따라 이제 잠시 떠나 있던, 나 살던 저 도시로 돌아갑니다.

이 도시— 우뚝우뚝 솟아오른 고층 빌딩과 현란한 색깔의 네온 불빛이 번득이는 거리마다 무수한 사람들이 관계와 관계로 얽히고설키고 있지만 가면의 몸짓일 뿐 배신, 환멸, 상처, 증오, 고독, 권태, 우울, 불안…… 삶이 삶답지 않은 고통만이 부표처럼 둥둥 떠다니는 그런 곳입니다.

이 지상에 있는 모든 것에 절대란 건 없다는 걸 압니다. 생성이 있으면 소멸이 있기 마련이니까요. 하지만 현실이 어떻게 흘러가든 나는 빗줄기로 상처를 씻어내고 푸른 정기로 피를 수혈했던 남십자성이 반짝이고 울창한 나무들이 밀림을 이루고 있던 그 숲에 내 영혼의 나침반을 다시 맞추고 한 번 더 물어보겠습니다.

"당신, 아직도 그 숲에서 날 잊지 않고 기다리고 있나요?"

비정(非情)으로 얼룩진 저 도시에서 내 날개는 날마다 퇴화해 가고 그 숲 또한 멀리 있지만 잊지 않고 기다려 줄 누구인가가 있다는 것, 그것만으로도 세상은 살아볼 만한 곳이 될 수 있으니까요.

꿈꾸는 새

해안을 타고 섬을 한 바퀴 돌았다. 그 사이 하늘에서 불덩어리 하나가 용궁으로 돌아가는 거북이처럼 느릿느릿 기어가듯 해면 속으로 들어간다. 바다가 빨갛게 타고 있다. 하지만 찾아 헤매는 검은머리물떼새는 그림자도 보이지 않는다.

"정보를 잘못 입수한 것은 아닌지 모르겠네. 할 수 없지. 오늘은 철수하고 민박집부터 찾아 뱃속에서 쪼르륵대는 이 원초적인 문제부터 해결하고 보자."

재경이 하는 말을 들으며 시선을 해변 좌측으로 돌렸을 때이다.

규사(硅砂)로 형성된 백사장과 푸른 바닷물이 넘실거리는 경계 지점에 있는 바위 하나가 눈에 들어온다. 정확히 말하면 그 바위가 아니라 그 바위 위에 홀로 앉아 있는 검은 옷을 입고 있는 여자의 뒷모습이다.

일몰의 풍경에 취해 있기라도 한 것일까? 여자는 해면을 핏물로 물들이고 있는 노을을 바라보며 화석처럼 앉아 있다.

여자의 모습에서 느껴지는 음울한 느낌 때문이었을까. 우연히 스친 어떤 풍경이나 사물, 사람이나 사건이 사실이나 정황과는 상관없는 네거티브(negative) 상태로 의식 밑바닥에 기억이란 바위로 저장되는 경우처럼, 여자의 모습이 피할 틈도 없이 빠르게 날아가 과녁에 박히는 화살처럼 나의 뇌리에 박힌다. 해변을 벗어나면서도 자꾸만 뒤돌아보게 만든다.

집들이 올망졸망 붙어 있는 마을을 보기 시작했을 즈음에야, 나는 여자를 통해 받았던 이상한 느낌에서 풀려난다.

"저 집으로 갈까?"

재경이 〈순이네 민박집〉이란 간판이 걸린 집을 중지손가락으로 가리키며 물었다. 식당과 모텔을 겸한 3층 건물이다.

"그럴까?"

재경이 앞서 민박집 식당 문을 열고 들어간다.

5월 초순, 시기적으로 관광객이 찾아오기 좀 이른 비수기인 데다 주중이기 때문인 듯 넓은 식당 안은 손님도 없이 비어 있었다. 실내에 배어 있는 강한 비린내가 후각을 파고든다. 꽃게가 다리를 들고 엉금엉금 대는 대형 수족관 안에서는 산소 대롱을 타고 솟구치는 기포와 물 떨어지는 소리가 귀를 먹먹하게 한다.

안으로 좀 더 들어가자 주방 입구 탁자 앞에 여자 둘이 마주 앉아 살이 두툼한 콩나물을 다듬고 있다. 두 여자의 시선이 나와 재경이를 향한다. 두 여자 중 한 명은 바글바글 볶은 파마머리칼 절반이 흰머리인 것으로 보아 환갑은 지났을 것 같다. 젊은 여자는 웨이브 파마를 한 긴 머리를 나비 핀으로 묶었다. 화장이 짙은 데다 허리마저 처녀처럼 잘록해 나이를 짐작하기 어렵다. 나와 재경이 자리를 잡고 앉자 젊은 여자가 일어나더니 차림표를 들고 온다.

"모듬회, 해물찜, 꽃게탕, 새우구이, 삼치구이정식……."

재경이 차림표를 들고 이내 훑어보며 중얼거리다가 젊은 여자를 올려다본다.

"여기는 뭐가 맛있어요?"

"다 맛있어요."

젊은 여자는 인조 속눈썹이 붙어 있는 눈을 깜빡거리며 말한다.

"그럼 '다 맛있어요', 그걸로 주세요."

재경이 여자에게 농담을 한다. 젊은 여자는 허리를 살짝 비틀며 호호호 웃는다. 재경이 나에게 꽃게탕이 어떠냐고 묻는다. 나는 좋다고 말한다.

주문을 받은 젊은 여자는 주방 안에 있는 남자에게 '꽃게탕이요' 소리를 친 후 쟁반에 물수건과 밑반찬 몇 가지를 담아 들고 온다. 젓가락을 들어 양배추채를 집어먹던 중 재경이 여자에게 묻는다.

"여기, 검은머리물떼새가 있나요?"

"처음 들어보는 새 이름인데유."

젊은 여자가 빈 쟁반을 들고 주방 쪽으로 가면서 콩나물을 다듬고 있는 나이든 여자에게 다시 묻는다.

"어머니, 여기 손님들이 검은머리물떼새가 있냐고 묻네유."

두 여자는 고부간인 듯하다. 어머니로 불리는 여자가 콩나물을 한 줌 움켜쥐고 콩깍지를 털던 손을 멈추고 묻는다.

"그거시 생김새가 어떤디유?"

"저, 부리와 다리는 길고 빨간색이고, 깃털은 검은색이고 목과 배 부분이 하얀색인데…….."

"여기서는 검은머리 어쩌고 그렇게 안 부르고 그냥 물까치라고 부르는 새가 있는디유. 손님이 말하는 새와 똑같기는 혀유. 근디 손님들은 뭣하는 분들이길래 여까지 물까치를 찾으러 온 거유?"

"우리는 새를 찾아다니며 사진 찍는 일이 직업인 사람입니다."

"그러니께 두 분이 예술가이시구먼유."

재경이 여자에게 나를 묶어 '우리' 라고 했지만, 사실 나는 사진 찍는 일이 직업이 아닌 초보 아마추어에 지나지 않는다. 또 여자의 말처럼 예술가도 아니다. 재경과 나는 어린 시절 한 동네에 살았다. 초등학교는 같이 다녔지만 중 · 고등학교와 대학교는 서로 달랐다. 전공도 달랐고, 직업도 달랐다. 나는 무역학과를 졸업하고 기업체의 해외영업부에서 근무했다.

"섬을 샅샅이 뒤지며 한 바퀴를 돌았는데도, 그 새는 한 마리도 안보이던데요?"

"여기는 먹을 걸 찾아 어쩌다 날아오기도 하는디요. 그보다 배를 타고 바다로 10분쯤 들어가면 작고 납작한 무인도가 있어유. 그기에 몰려 사는 물까치들이 못 되야도 백 마리는 될 것이구만유."

그 말에 재경이 흥분을 감추지 못하고 여자에게 묻는다.

"내일 아침 배를 빌릴 수 있나요?"

"우리도 낚싯배가 있는디, 예약을 하실래유?"

“그럴 수 있으면 좋고요.”

“내일 아침 먹고 일루 오시유.”

“아, 그리고 여기 빈방 있어요?”

“다 비어 있시유.”

“그럼 하나 주세요.”

“그래유.”

재경이 식당 여자와 그런 이야기를 주고받고 있을 때 젊은 여자가 주방에서 반쯤 끓인 꽃게탕 위에 향긋한 냄새가 나는 파란 미나리와 쑥갓을 숭숭 썰어 얹은 냄비를 들고 온다. 여자는 탁자 위에 있는 버너에 불을 켜고 냄비를 올려놓는다. 그리고 자리로 돌아가 다시 콩나물을 다듬는다.

꽃게탕이 먹기 좋게 끓기 시작해 수저를 들려던 참이다.

식당 문이 열리는 기척에 뒤를 돌아본다. 검은색 옷을 입고 있는 여자가 휘청거리는 걸음으로 걸어온다.

“어, 저 여자는…….”

좀 전 해변 바위에 홀로 있던 여자가 아닐까 싶어 빤히 쳐다본다. 검은 옷을 입은 여자의 나이는 오십 초반쯤으로 보인다. 해풍에 그을린 흔적 없이 하얀 피부가 이곳 현지 사람 같지 않다. 두 여자와 잘 아는 사이인 듯 그 옆에 앉는다.

“이모님, 소주 한 잔 하실래유?”

젊은 여자가 검은색 옷을 입은 여자에게 묻는다.

“그래.”

검은 옷을 입은 여자의 그 목소리는 섬뜩하게 여겨질 만큼 처량하게 들린다.

젊은 여자가 손에 달라붙은 콩깍지를 탁탁 털고 일어난다. 주방 창구 앞 선반에 놓인 김치와 반찬 몇 가지를 쟁반에 담아 들고 쇼 케이스 안에 있던 소주 한 병을 꺼내 들고 와 탁자에 놓는다.

"한 잔 마시고 올라가 일찍 자라."

젊은 여자가 어머니라고 부르던 여자가 소주병을 들어 잔에 따른다. 검은 옷을 입은 여자는 잔을 들어 한입에 털어 넣는다.

"언니, 그 애 뼛가루를 바다에 뿌리며 그런 생각을 했어. 차라리 그때 사고 날 당시에 죽어 버렸다면 내가 지금쯤은 잊어버리고 잘 살고 있었을지도 모르는데……. 결국은 이렇게 세상 뜨고 말걸, 산 것도 죽은 것도 아닌 그 애를 어떡하든 살려보겠다고 붙잡고 있다가 이제 젊음도 가고 가진 것도 없는 빈껍데기만 남은 내가 살아 뭣하나 하고……."

"네 속이 오죽하겠느냐만 으쩌겠냐? 이제부터라도 잊어부릴라고 애써 보는 수밖에……. 눈에서 멀어지면 마음에서도 멀어지고, 마음에서 멀어지면 기억에서도 지워지게 되는 것이여."

"기억조차 지워낼 수 있는 그때가 언제쯤이 될까?"

나는 낯선 여자를 보고 대뜸 죽음을 연상했던 동물적 후각에 전율한다. 나는 생면부지였던 사이였음에도 불구하고 같은 불행을 가진 자들끼리 통할 수 있는 무언의 교감이 정말로 가능한 것인지도 모른다는 생각을 하면서 죽은 아내를 떠올린다.

그때 내가 거주했던 곳은 아프리카였다. 한국에 있는 나의 본가 쪽에 잔치가 있었다. 나는 아내를 보냈다. 아내 역시 향수병에 시달리던 참이라며 떠나기 며칠 전부터 마음이 들떠 지냈었다. 그렇게 다니러 갔던

아내는 잔치에 참석한 후 묵고 있던 친정집으로 돌아가던 길에 교통사
고를 당했다. 처음 소식을 전해준 사람은 병원의 직원이었다. 아내가
사고를 당한 장소는 횡단보도였다. 파란 신호등이 깜빡거리는데 급하
게 길을 건너려다 보니 몇 발자국 가지 않아 빨간 신호등으로 바뀌었다
고 한다. 때마침 과속으로 달려오고 있던 승용차 한 대가 있었다. 아내
가 차를 발견하고 미처 피하기도 전에 승용차는 아내를 들이받았다. 아
내는 차에 받쳐 도로에 나뒹굴었고 그때 머리를 다치고 말았다.

부랴부랴 귀국해 상황을 보니 아내는 뇌 손상이 심했다. 의식이 들었
다 나갔다 했고 몸을 쓰지 못했다. 종합병원 중환자실 침대에 누워 초
점 없는 시선으로 허공을 바라보고 있는 아내를 쳐다보는 심정이란 하
늘이 무너진 것 같다는 말 그대로였다.

나는 아내를 사랑했다. 아내는 항공사에서 승무원으로 근무를 했었
다. 결혼 후 아내는 승무원 생활을 그만두었다. 두 번의 임신 모두 자연
유산이 되고 말았기 때문이다. 승무원 생활을 하던 직원들 중에는 습관
적으로 유산이 되는 경우가 많다는 말을 들었다. 아내가 그런 케이스였
던 것 같다. 나는 딸이나 아들 상관없이 하나는 있으면 좋겠다고 생각
했었다. 또 없다고 해서 크게 문제 삼고 싶은 마음도 없었다. 그냥 내게
허락된 것들 안에서 큰 욕심 부리지 않고 최선을 다하는 것을 행복으로
알았다. 그런 나였지만 내심 미처 깨닫지 못했던 교만이라도 있었던 것
일까? 그런 식으로 내게서 아내를 빼앗아갔으니 하는 말이다.

회복불가 판정을 받은 아내를 한국 병원에 혼자 두고 아프리카로 갈
수 없었다. 고심을 하던 끝에 퇴직을 하고 그동안 모아 두었던 돈과 퇴
직금으로 스포츠용품을 파는 대리점을 열었다. 몇 년째 계속되는 경기

불황으로 그리 넉넉한 수입은 되지 못해도 먹고 살 정도는 되었다. 직원들에게 맡겨 놓고 매출만 확인해도 지장이 없었기에 병원의 아내를 돌볼 수도 있었다. 원상회복은 아니더라도 거동만 할 수 있다면 하는 희망을 안고 병원 치료에 매달렸다. 그러나 아내의 뇌는 진행성으로 시간이 갈수록 악화되고 있었다.

아내의 친정 식구들 대부분이 독실한 기독교 신자였다. 아내도 교회를 다녔다. 아프리카에 있었을 때도 교인교민들과 돈독하게 지냈다. 나는 기독교에 대해 부정은 하지 않았다. 그러나 구원에 대한 분명한 확신이 없었다. 나의 내세관은 어떻게 보면 다신론(多神論)적인 입장이었던 것 같다. 죽으면 그것으로 전부 끝이라 여기는 허무 의식이 있었는가 하면, 불교에서 말하는 윤회 비슷한 생각으로 내가 죽으면 새[鳥]로 환생되기를 바라기도 했고, 기독교적으로 육체가 소멸하는 순간 영혼 불멸의 존재가 되어 인간의 본향인 천국으로 돌아가는 것이라는 생각도 가지고 있었으니까. 나는 뜻이 좋다면 기독교가 되었건 불교가 되었건 상관없다는 식이다. '나 외에는 다른 신을 섬기지 말라' 는 유일신(唯一神)을 주장하는 아내 입장에서는 나의 그런 신앙적 방황이 바람에 흔들리는 갈대처럼 보이면서 탕자처럼 불쌍해 보이는 모양이었다.

아내의 친정 식구들이 다니던 교회에서 자주 병문안을 왔다. 그때 병원을 찾아온 목사는 내게 그런 말을 했다. 하나님은 상한 갈대도 함부로 꺾지 않으신다고……. 아내는 주님의 은총으로 회복될 것이며 이 시련을 통해 주님의 영광을 더 크게 드러내는 귀한 딸이 될 줄 믿는다고……. 나는 그런 말들이 하나도 귀에 들어오지 않았다. 그냥 사고를 당하기 전의 그 모습으로 벌떡 일어나 아무 일도 없었다는 듯이 예전 생활로 돌아갈 수 있기를 바랄 뿐이었다. 아내는 병원에 있는 동안 성경 책을 늘 옆에 놓아두고 있다가 내가 가면 읽어달라고 했다. 내가 아내를 위해 성경을 읽어주는 일, 그것이 우리 부부에게는 대화였다. 아내는 무엇을 생각하고 있었던지 꼭 《구약성경》 「아가서」를 읽어주기를 원했다. 덕분에 전부 8장으로 이루어진 짧은 아가서의 내용을 다 외울 정도가 되고 말았다.

"나는 나의 사랑하는 자에게 속하였구나 그가 나를 사모하는구나 나의 사랑하는 자야 우리 함께 들로 가서 동네에서 유숙하자 우리가 일찍이 일어나서 포도원으로 가서 포도움이 돋았는지 꽃술이 퍼졌는지 석류꽃이 피었는지 보자 거기서 내가 나의 사랑을 네게 주리라. 합환채가 향기를 토하고 우리의 문 앞에는 각양 귀한 실과가 새것, 묵은 것이 구비하였구나. 내가 나의 사랑하는 자 너를 위하여 쌓아둔 것이로구나."

「아가서」 7장 끝부분이라고 기억하고 있는 그 부분을 내가 아내를 향해 하는 사랑의 고백으로 믿는 듯, 입가에 미소를 머금은 채 스르르 잠 속으로 빠져들곤 했다.

하지만 아내는 사고를 당한 지 3년만인 1년 전 마흔두 살의 짧은 생을 마치고 내 곁을 떠났다. 나는 아내가 세상을 떠난 후 아내가 믿었던 영혼 부활 나라에 대해 깊게 생각하곤 한다. 아내는 믿었던 믿음대로 정말 눈물이나 슬픔 같은 고통 따윈 전혀 없고, 먹지 않아도 배고프지 않고, 꽃들이 만발한 동산에서는 새의 노랫소리 가득하며, 사랑만이 있다는 아름다운 낙원의 그 나라로 갔을까?

아침에 눈을 뜨고 비어 있는 옆자리를 보면 나는 10년간의 결혼 생활을 통해 보았던 아내 모습부터 떠올린다. 아침밥을 지으러 먼저 일어났거나 비행기를 타고 업무중이라는 상상을 한다. 그런 상상들이 비듬처럼 떨어져 나가고 마침내 현실로 돌아오면 아내에 대한 그리움으로 베개를 끌어안고 흑 하고 눈물을 터트리고 만다.

아내는 기분이 좋을 때면 참새처럼 재잘거리기를 좋아했고, 내가 새로 산 옷이라도 챙겨 입고 나가는 날은 "이렇게 잘 생긴 내 사랑을 누가 자꾸 쳐다보아 닳아 버리면 어쩌지. 밖에 내보내기 불안해." 질투를 겸한 농담으로 애교를 떨기도 했었다. 잠을 잘 때 내가 무심결에 등을 돌리고 누우면 기어이 나를 앞으로 돌려놓고 내 품을 파고들었다. 움켜잡은 젖가슴은 손바닥에 넘치고 보드라운 살결은 언제나 나를 흥분시켰다. 섹스는 완벽한 일체감을 느끼게 했다. 기억하고 있는 아내의 모습 전부가 나를 몸서리치는 고독감에 사로잡히게 한다.

아이가 있었으면 어땠을까? 하는 상상도 해본다. 주변 사람들 말에 의하면 아이를 키워줄 여자가 필요해서라도 재혼을 서두르게 된다고 한다. 그렇게 살다 보면 새 정이 옛정을 덮거나 지워 버리는 데 훨씬 도움이 된다는 것이었다.

마흔일곱 살 홀아비가 되어 하루에도 몇 번씩 자책을 되새김질하는 일이란, 내가 아내를 한국으로 보내지 않았더라면 그 사고는 당하지 않았을지도 모른다는 생각이다. 나는 아내가 그리울 때마다 내 생애 가장 행복한 시절을 보냈었던 아프리카로 한 마리의 새가 되어 날아가는 꿈을 꾸곤 한다.

재경을 만나기 전에는 하릴없이 텅빈 시간이면 찾아오는 아내의 환영으로부터 벗어나기 위해 술을 마시는 친구들과 어울려 지냈다. 그리고 아내에 대한 그리움을 희석시킬 수 있는 방법의 하나로 일부러 망가져 보기도 했다. 하지만 수다했던 말들과 취기는 다음날 정신이 말짱해지면 허탈감으로 변한다. 눈에서만 떠났을 뿐, 마음은 그냥 두고 간 아내가 원망스럽기만 하다. 살아 있는 동안 맺었던 인연의 기억을 아주 지울 수 없다 하더라도 망자(亡者)를 상대로 '당신 진짜 너무 했어.' 가슴속에 타오르는 원망의 불길을 끄고 싶다.

재경이 새를 찾아다니며 사진을 찍는 일을 하는 데는 직업이란 확실한 명분이 있기 때문이다. 하지만 그 일과 무관한 내가 이런 동행을 하게 된 것은, 눈에서 멀어진 사람을 마음만 붙잡은 허무한 그리움을 되풀이하는 일과 통증의 강도를 줄여보고 싶은 그 연장선상에서 비롯되는 행위의 하나이다.

아내의 기억과 함께 두 여자가 주고받는 말에 나도 모르게 수저를 든 손이 떨린다.

재경과 검은머리물떼새를 찾아 해안을 타고 섬을 돌면서 퍼런 바닷물로 눈길이 갈 때마다 아내를 태워 바다에 뿌린 날이 떠올랐다. 그래서 속으로 '여보, 나 언제쯤 당신을 아주 잊을 수 있을까?' 그렇게 물었다. 저 퍼런 바닷물을 퍼마시면 속이 후련해질 것 같았다. 그러나 아이러니하게도 온통 물뿐인 그 바닷물은 마시면 마실수록 갈증에 더 시달리게 되는 것처럼, 잊으려는 마음이 크면 클수록 부재하는 아내를 향한 그리움과 쓸쓸함의 깊이만 깊어갈 뿐이었다.

검은 옷을 입은 여자가 다시 소주 한 잔을 입안에 들이붓듯 마시더니 자리에서 일어난다. 그리고 휘청거리는 걸음으로 이층으로 오르는 계단을 밟는다. 여자의 모습이 시야에서 사라지고도 한참 빈 계단을 쳐다보고 있는 내가 의식되었던지 식당 여자가 말한다.

"서울에 사는 팔촌 동생인데 아들이 죽었시유. 조카가 똑똑한 애였는디 군대에 가 데모 막는 곳으로 떨어졌시유. 그때 데모를 막으러 갔다가 누가 뒤통수를 쳤는디유, 식물인간이 되어 갖고 10년을 죽은 인간맨치로 누워 눈만 떴다 감았다 했시유. 그 아들 살려보겠다고 수술을 여러 차례를 했는디 하늘도 무심하지. 결국은 며칠 전 아주 죽었시유. 데모를 하는 사람들은 제 밥그릇 지키겠다고 몽둥이 들고 군인들은 나라를 지키겠다고 몽둥이를 들었다지만, 뭔 놈의 지랄들 났다고 꼭 그렇게 치고 박고 혀서 빙신을 만들어 남의 인생을 절단을 내놓는 것인지 모르겠시유."

아내처럼 개인의 실수로 인해 당하게 된 불행이든 여자의 아들처럼 사회 구조에 의해 필요악(必要惡)과 양비론(兩非論)이 맞물리는 상황 속에 대가없이 치른 억울한 불행이든, 죽음이란 살아남은 자에게 기억이 존재하는 동안 가혹한 통증을 감수해야 하는 고통이 뒤따르기 마련이다.

나는 수저를 놓을 때까지 목구멍으로 넘어간 부드러운 꽃게 살들이 뾰족한 다리로 변해 가슴을 사정없이 쑤셔대는 기분이었다.

식사를 마치고 식당 여자로부터 203호라고 쓰여 있는 방 열쇠를 받아들었다. 이층으로 올라와 방으로 들어갔다.

재경이 먼저 욕실로 들어간다. 나는 재경이 샤워를 마치고 나오기를 기다리며 개어 있는 이불을 등받이 삼아 상체를 눕혔다. 눈을 감자 이곳 민박집과 해변은 거리가 많이 떨어져 있었음에도 불구하고 쏴사사

사 쏴사사사…… 바닷물이 밀려오는 듯 환청과 함께 검은 옷의 여자가 떠오른다. 바위 위에 앉아 하염없이 바다를 쳐다보던 여자의 뒷모습과, 마지막 기운마저 모두 소진해 버린 듯 뻥 뚫린 눈빛으로 소주를 들이키며 기억마저 지워질 날이 언제일까?를 혼잣말로 중얼거리던 모습이 자꾸 아내를 떠나보낼 때의 내 모습과 중첩되며 망막을 채운다. 결혼기념일인 오늘도 사실은 애써 아내의 환영을 피해 보려고 이곳까지 온 것이다. 그런데 낯선 외지마저 망각을 허락하지 않는 일이라니……. 한숨을 길게 내뱉고 만다.

"안 씻어?"

그 말에 눈을 뜬다.

샤워를 마치고 나온 재경이 팬티 위에 티셔츠 차림으로 서서 나를 내려다보다가 방바닥에 이불을 펼치고 눕는다. 휴대 전화를 꺼내들었다.

"뭐하고 있냐? 그랬어? 헤헤헤, 애비는 검은머리물떼새는 그림자도 못 보고 다리만 아파 죽겠다. 내일 아침 무인도로 들어가 보려고 한다. 그래, 그래, 암마, 아빠 평생 새 쫓아다니면서 어미 새와 아비 새가 새끼 새 주려고 죽어라고 먹이 물어다 나르는 것밖에 못봤다. 자유! 자유 같은 소릴랑은 하지도 마라. 암마, 애비는 결코 인생 골치 아프고 복잡하게 사는 것 원치 않는다는 것 몰라? 그래서 애비 가라사대, 키우지 않을 나무의 싹은 애당초 틔우지도 않는다고 그렇게 일렀건만 잊어버린 거냐? 당연한 거지. 그럼, 그럼……."

아들을 새끼 새 돌보듯 하는 재경이다. 나는 아들과 통화를 하는 재경을 동화 속의 주인공 보듯 쳐다보다가 일어나 욕실로 들어간다.

샤워를 마치고 나왔을 때는 재경은 그 사이 잠에 빠져 있다. 나도 자리에 눕는다. 그러나 심하게 몰려오는 피곤에도 불구하고 잠이 오지 않는다. 두통까지 느끼게 되면서 나는 자리를 차고 일어나 밖으로 나간다.

좁은 복도를 지나가면 그리 넓지 않은 홀이 있다. 탁자가 세 개 있고 전면이 유리로 되어 있다. 나는 희미한 불빛이 켜져 있는 그곳 탁자 앞에 검은 옷을 입고 있는 여자가 앉아 있는 것을 본다. 말을 붙여볼까 하는 마음이 없지 않았으나, 실례가 될 것 같은 기분에 다시 식당으로 내려와 건물 밖으로 나간다.

몇 대의 가로등과 근처에 있는 몇 동의 민박집에서 흘러나오는 불빛들이 있으나 사방이 캄캄하다. 나는 조금 걷다가 어둠 속에서 길을 잃을 것 같아 발걸음을 돌린다. 다시 민박집 안으로 들어가려고 할 때이다. 문이 열리며 검은 옷을 입은 여자가 밖으로 나온다. 검은 옷을 입은 여자는 그대로 어둠 속을 걸어 어디론가 간다. 나는 여자가 이 밤에 어디를 가는 것일까? 고개가 갸웃거려졌지만 계단을 걸어 이층 방으로 들어왔다. 곧바로 잠이 들었다.

눈을 떠보니 아침이다. 일어나 짐을 챙겨 식당으로 내려왔다. 삼치구이를 시켜 식사를 하고 있던 중이다.

한 사내가 들어온다. 양손에 꽃게와 가리비 같은 해물이 잔뜩 들어 있는 붉은 망을 들고 허벅지까지 올라오는 누런 고무장화를 신고 철벅철벅 물소리를 내며 수족관 앞으로 간다. 식당 여자가 사내의 손에 들린 붉은 망 속의 해물을 보더니 말한다.

"오늘 단체 손님 예약을 받아 두었는디, 물건이라고 받아온 것이 우째 이것뿐인 겨?"

"남동호 선주가 지난 번 술자리에서 내가 예전처럼 형님 대접 깍듯이 안혔다고 여즉 트집을 잡고 심술을 부리는구먼.”

“영감탱이, 시방 지 꼴난 처지에 대접은 무슨 얼어죽을 대접인겨. 고추가 늙어 꼬부라졌는디, 젊을 적 생각만 하고 서서 오줌을 누면 그 오줌이 어디로 간디야? 제 발등에 떨어지는 것이여. 그 나이가 되야도 제 심사에 안 맞으면 꼬장만 부릴 줄 알았지 베푸는 덕이 없응게 누구 하나 좋아라 하덜 않고 너도나도 똥파리 보듯 피하고 다니는 눈치도 못 채는가 비네.”

“선주 양반의 흥이 무엇이 되었건 지갑과 입은 열면 열수록 손해니 남의 말이고 내 말이고 다른 사람들 앞에서는 말조심 혀. 한 동네서 싸움 붙어 이로울 게 없응게.”

붉은 망 안에 든 해물들을 수족관에 넣으며 식당 여자와 그런 말을 주고받던 사내가 나와 재경이 식사하고 있는 곳으로 오더니, 탁자 밑에 있던 의자를 빼서 털썩 앉는다. 그리고는 비린내가 펄펄 풍기는 잠바 주머니에서 담배를 꺼내 피워 문다.

“낚싯배를 예약했던 사람들이 손님들이유?”

“아, 예. 그렇습니다. 식사하고 바로 출발할 수 있습니까?”

재경이 말했다.

“시방은 안되유. 바다에 안개가 하도 짙게 끼어서 배를 띄울 수가 없구만유.”

“그래요? 그럼 언제쯤 안개가 걷힐까요?”

“그거야 알 수 없지유.”

“할 수 없지요. 기다리는 수밖에⋯⋯.”

수저를 놓기 바쁘게 재경은 나를 끌고 나간다.

식당 문을 열고 나오는데, 등 뒤에서 주인 여자와 사내가 그런 말을 주고받는 소리가 들린다.

"요것이 아침 일찍 어디를 갔는가 여태 안 보이네유. 오늘 서울로 올라간다고 혔는디 말도 없이 그냥 가버린 건 아녀? 가도 아침이나 먹고 갈 것이지……."

"인사도 없이 그냥 갔것어? 근처로 산책을 나갔거나 볼 일이나 보러 갔을 거여."

나는 간밤 혼자 어둠 속으로 사라지던 검은 옷의 여자를 떠올리며 바다로 나갔다. 사내의 말대로 바다에는 가시거리가 10미터도 안되게 안개가 자욱하다.

"나야 기다리는 일을 팔자로 타고 태어난 사람 아니냐."

재경은 백사장에 앉아 그런 말을 하면서도 시간이 갈수록 초조해 하는 마음을 감추지 못한다. 그런 시간이 하염없이 흘러가고 있다. 바다 앞쪽에서 새 울음소리가 들려온다. 재경이 귀를 모으고 새의 소리에 집중한다. 다시 뻘 쪽이라 짐작되는 곳에서 조금 전 들려왔던 새 울음소리가 여러 번 반복해서 들려온다.

"검은머리물떼새다!"

재경이 소리친다.

"무인도에서 서식하는 검은머리물떼새들이 먹이를 찾아 뻘 쪽으로 날아온 것이 분명해."

재경의 표정이 상기된다. 일 분이 십 년 같은 기다림의 시간을 보내고 난 후이다. 드디어 안개가 걷히기 시작하면서 가려져 있던 뻘이 드러나기 시작한다. 바로 그때이다. 재경이 "검은머리물떼새야!" 하고 소리를 치는 것과 동시에 내 눈에 들어온 것은 뻘 속에 주저앉아 있는 검은 옷을 입은 여자의 모습이다. 순간 가슴이 철렁한다. 그래서 나는 손을 들어 "저기 저 여자……" 하며 뻘을 가리킨다. 그러나 그것은 곧바로 착시였음이 확인된다. 뻘 쪽에 있는 검은 물체는 검은머리물떼새가 분명하기 때문이다. 그것도 세 마리나 된다.

세 마리의 검은머리물떼새를 통하여 식당 여자가 말한 무인도에 들어가면 더 많은 모습을 볼 수 있으리라는 확신을 갖게 된 재경은 서둘러 식당으로 향한다.

곧바로 예약해 두었던 사내의 낚싯배를 탈 수 있었다.

얼마나 갔을까? 눈앞에 작고 납작한 섬 하나가 나타난다. 배가 섬 가까이 다가가자 우뚝 솟은 바위 위에 물떼새들과 검은머리물떼새들이 보인다.

배에서 내린다. 재경과 나는 조심스럽게 새들이 있는 곳으로 다가간다. 사람을 피해 이곳에 둥지를 튼 검은머리물떼새들 입장에서는 우리들의 출현이 반가울 리 없다. 곧바로 여기저기서 "적이 침입했다. 조심해!" 라고 외치는 듯한 경계음이 들리기 시작한다.

그 경계음을 들으며 섬 주변을 살펴본다.

평평한 바위 위에 작은 돌과 몇 개의 지푸라기를 이용한 둥지 안에 세 개의 알이 들어 있는 첫 둥지를 발견하고, 곧바로 여기저기서 또 다른 둥지들이 발견된다. 섬을 한 바퀴 도는 데 걸린 시간은 이십 여 분 남짓, 그 사이 모두 일곱 개의 둥지를 발견한 재경은 촬영에 들어가기 위해 위장 텐트를 펼친다.

위장 텐트 안에서 쌍안경으로 살펴본 둥지 안에는 각기 다른 상황들이 벌어지고 있다. 어떤 둥지는 어미 새만 있고 새끼들은 보이지 않는다. 나와 재경의 등장에 어미 새로부터 위험 신호를 받은 새끼들은 어디서인가 납작하게 엎드려 있을 것이 분명하다. 한참이 지나도 위험을 느낄 만한 상황이 일어나지 않자 어미 새가 작은 소리를 내기 시작한다. 그러자 곧바로 새끼들이 어미 곁으로 다가가는 모습이 포착된다. 또 어떤 둥지에서는 알에서 깨어난 지 2~3일쯤 되는 새끼들이 어미가 부리로 무엇인가를 쪼개어 입에 넣어주자 맛있게 받아먹는 모습도 포착된다. 또 다른 둥지에서는 암수가 교대로 먹이를 물어다 새끼들 입에 넣어주고 있고, 바위 위에 앉아 휴식을 취하고 있는 새들도 있다.

재경이 촬영에 여념이 없는 사이, 나는 쌍안경을 들어 뒤쪽을 살펴보기 시작한다. 그때 쌍안경에 포착된 것이 있다. 물가에 서 있던 새끼 새 한 마리가 들이치는 파도에 휩쓸리고 만 것이다. 파도가 왔다갔다 할 때마다 새끼도 왔다갔다 한다. 뒤늦게야 위급한 상황을 보게 된 어미 새가 소리를 내며 안절부절못한다. 어미 새의 응원에 힘을 얻은 듯 새끼는 어렵사리 파도에서 빠져나온다. 그러나 놀란 나머지 정신이 없었던지 그만 다른 새의 영역으로 들어가고 만다. 즉시 위쪽에서 알을 품고 있던 다른 어미 새가 요란한 경계음을 내기 시작하더니 새끼를 공격한다. 새끼 새는 어미 새에게 달려와 봐달라는 시늉을 한다. 하지만 다른 어미 새는 막무가내로 쪼아댄다. 결국 새끼는 피투성이가 되어 죽고 만다.

그 상황을 지켜보고 있던 나는, 헉! 하고 놀라며 쌍안경을 바닥에 떨어뜨리고 자리에 털썩 주저앉고 만다. 다른 어미 새의 공격을 받고 피투성이가 된 새끼 새의 모습에 아내의 모습과 한번도 본 적 없던 검은 옷을 입은 여자의 아들 모습이 중첩되었기 때문이다. 이마는 물론 등줄기까지 땀이 배어나며 축축해졌다.

"아!"

나도 모르게 그런 소리를 뱉어내며 두 손으로 머리칼을 움켜쥔다. 눈앞에 있는 풍경들이 하얗게 지워진다고 느낀 순간, 나는 애써 잊고자 했던 아내의 투병 시간 속으로 급류에 휘말린 듯 빨려들어간다. 환자들로 득실대는 종합병원의 복도와 퀭한 눈빛을 하고 누워 "여보, 내 손 좀 잡아줘." 하며 말하는 가여운 목소리로 들린다. 그날 밤 아내는 전과 달리 내가 잠시만 자리를 비워도 안절부절못했다. 나는 침대 옆에 앉아 손을 잡은 채 「아가서」를 읽어주었다. 그러자 비로소 안심이 되는지 스르르 눈을 감고 잠이 들었다.

나도 눈을 붙였다. 아내가 혼자 작은 나룻배에 올라탄 채 나를 향해 손을 흔들며 멀어지고 있는 것이 보여 가지 말라고 부르다가 퍼뜩 잠에서 깨었다. 잠깐 눈을 붙인 사이 꾸었던 꿈 내용이 마음에 걸린 채 아내를 바라보는데 침대 옆으로 축 늘어져 있는 손이 보였다. 그 손을 이불 속으로 넣어주려고 잡았을 때였다. 뭔가 섬뜩한 기분이 들어 아내의 몸을 흔들어 보니 그때 이미 심장이 멎어 있었다.

"안돼! 안돼! 가지마. 가지마."

몸부림 치다가 제풀에 정신을 차리고 눈을 뜨게 되었다. 눈만 감으면 언제나 반복되는 아내의 임종 순간이었다. 나는 새를 관찰하는 일도, 사진을 찍는 일에도 흥미를 잃어버린 상태가 되고 말았지만 무의식적으로 다시 쌍안경을 집어들고 있었다. 쌍안경의 렌즈를 좀 전의 현장에 맞춘다.

　피투성이가 된 채 죽어 있는 새끼 새 주변을 종종걸음을 치며 맴돌고 있었던 어미 새는 마침내 체념을 했는지 날개를 펴고 후드득 제 영역 쪽으로 날아가고 있다. 그리고 아무 일도 없었다는 듯이 둥지에 남아 있던 다른 새끼 새들에게 부리로 먹이를 잘게 찢어 입안에 넣어준다. 그 짧은 시간 사이에 어미 새는 새끼 새의 죽음을 잊은 것일까? 아니면 잊은 척하는 것일까?

　그걸 보면서 나는 새들이 태어나면서부터 날기 위해 뱃속을 비우는 일에 전력을 다하는 나머지 뼛속까지 비운다는 사실을 떠올린다. 아내가 죽은 후로 잊고 비워야만 할 고통스런 기억이 있는 인간에게는 기억이야말로 신이 내린 가장 혹독한 형벌이 아닐까 싶은 생각을 너무 많이 했기 때문일지 모른다. 새들이 타 동물에 비해 기억력이 짧은 것은 진화의 부족이 아니라 창조주로부터 가장 빨리 망각할 수 있는 축복을 받은 것이라 여겨졌다. 나도 할 수만 있다면 내 안에서 고통이 되는 기억들은 저 새처럼 빠르게 비워내고 아무 일도 없었다는 듯이 남은 시간을 살아내고 싶다.

　그 광경을 본 후로 나는 사진 찍는 일을 아주 포기해 버리고 위장 텐트 안에 누워 버린다. 눈을 감자 습관적으로 나는 또 다시 아내와 살았던 아프리카로 새가 되어 날아가는 환영 속으로 빨려들어간다. 그러나 그 새는 날갯짓을 하면 할수록 가볍고 날렵하게 창공을 날아오르는 것이 아니라, 깊이를 알 수 없는 늪 속으로 한없이 침몰한다. 나는 이를 악문 채 중얼거린다.

　'비우고 싶다. 할 수만 있다면 저 새들처럼 뼛속까지 모두……'

　비몽사몽 속에서 나는 그 침몰 속에서 빠져나오기 위해 손사래를 치며 허우적거렸던 것 같다.

툭툭 어깨를 치는 손길을 깨닫고 눈을 떠보니 재경이 심란하다는 시선을 하고 나를 내려다보고 있다.

"배가 와서 기다리고 있어."

재경의 말에 나는 황망하게 일어나 텐트를 걷는다. 짐을 정리한 후 섬을 내려가자 식당 주인 사내가 배를 섬에 대 놓고 기다리고 있다.

재경과 내가 배에 오르자 곧바로 물살을 가르며 달리기 시작한다. 얼마 되지 않아 배는 포구에 도착한다.

배에서 내려 걷고 있을 때이다. 포구에서 좀 떨어진 해변에 사람들이 몰려 있는 것이 보인다. 그냥 지나치려던 재경이 호기심이 동하는지 "무슨 일이지?" 중얼거리며 그쪽으로 발걸음을 옮긴다. 나도 무슨 일이 벌어졌는지 궁금해 재경을 따라간다.

사람들이 모여 서 있는 곳을 헤치고 무심코 안을 들여다본다. 아! 그런데 이게 무슨 일인가. 순이네 민박집 주인 여자가 퉁퉁 불은 채 젖어 물이 뚝뚝 흐르는 검은 옷을 입은 여자의 머리를 부둥켜안고 눈물을 흘리며 꺼이꺼이 울음 섞인 말을 하고 있다.

"너도 니 아들 따라간 겨? 더는 못 참을 것 같아 이렇게 간 겨? 그래 나도 너 잘못했다 소리는 안헐 겨. 내가 니 속을 다 알고 있는디 으떡게 그런 말을 할 수 있을 겨. 니 아들 만나러 간 건 좋은디 말이여. 그래도 이렇게 춥게 가서 으쩌냐. 이렇게 춥게 가서 으쩌냐고……. 너 어릴 때 부잣집 공주로 그렇게 살아 내가 널 을마나 부러워했는지 알기나 혀. 그런 니가 이렇게 춥게 갈 줄을 누가 알았겄냐."

나는 민박집 주인 여자의 말을 들으며 간밤 여자가 그렇게 어둠 속으로 사라지기 전에 차라리 그때 붙잡고 이야기라도 나눌 걸 하는 후회가 된다. 재경이 못 볼 걸 보고 말았다는 표정을 짓고 나를 쳐다보더니 "가 자." 하고 내 등을 민다. 나는 재경에게 등을 떠밀리며 주춤주춤 발걸음을 옮긴다. 순이네 민박집 여자의 꺼이꺼이 울어대는 목소리가 멀어질수록 어둠 속으로 사라지는 여자를 붙들지 못한 심한 자책감이 드는 한편으로, 죽음에 대해 알 수 없는 홀가분함이 느껴졌다.

'이름도 모르는 초면의 당신이었지만 나는 알아요. 살아서는 끝내 비울 수 없는 통증과 지울 수 없는 기억 때문이었다는 것을 나는 알아요. 하지만 모든 걸 다 비우고 지운 지금, 당신은 얼마나 높이 날아올랐나요? 지금 당신이 날아오른 그곳도 혹시 내 아내가 믿고 떠났던 그곳처럼 정말로 고통도 슬픔도 없는 그런 곳이 맞는가요?'

나는 고개를 들어 하늘을 본다. 마침 아내가 과거 어느 날 근무중 탑승을 했던 적이 있었을지도 모르는 여객기 한 대가 하얀 비행운을 길게 그리며 지나가고 있다. 그리고 그 비행운이 그려진 지점에서 조금 떨어진 곳에 검은 날개를 펴고 날아가는 몇 마리 새들이 보인다. 조금 전 다녀온 무인도에서 서식하는 검은머리물떼새 무리 중 몇 마리가 먹이를 찾아 해변으로 날아오는 중인 것 같다.

문득 그 꼬마물떼새들이 검은 옷을 입은 여자의 영혼처럼 보이더니, 아내에 대한 내 기억 또한 한 마리의 새가 되어 푸드득 날개를 치며 하늘로 솟아오른다.

파랑주의보

구름 한 점 없이 맑은 오월의 하늘 아래 은빛 햇살이 쏟아지고 있다. 아파트 이층 베란다 창까지 키가 자란 라일락 나무에서는 만개한 하얀 꽃잎이 눈처럼 휘날린다. 겨우내 벤치 쉼터의 지붕을 덮고 있던 등나무도 삐쩍 말라 죽은 것처럼 보이더니, 봄이 되자 물이 오르고 새순이 고개를 내밀기 시작해 어느 사이 나뭇잎들은 하늘을 가린다.

정문이 마주 보이는 도로의 가로등 아래 정차중인 경민의 갤로퍼가 보인다. 나는 서둘러 경민의 차에 오른다.

새를 전문으로 찍는 생태 사진작가인 경민은 단 한 컷의 자료라도 더 확보해 두기 위해 아주 추운 겨울 며칠을 빼고는 사계절을 산과 들을 비롯해 섬들을 며칠씩 떠돈다. 경민의 차에는 늘 흙탕물이 누렇게 말라붙어 있고 바퀴에도 붉은 황토나 검은 흙들이 묻어 있다. 올 봄 연락이 없던 사이에도 바쁜 나날을 보내고 있었다는 것을 빨갛게 익은 얼굴로 짐작할 수 있다. 망원 렌즈를 통해 새들의 변화와 움직임을 잡아내는 일로 10년을 넘게 살아온 경민의 예리한 관찰력은 내게도 어김없이 발휘된다.

"어디 아파요?"

"봄을 좀 심하게 타나 봐요."

"열아홉 소녀도 아닌데……. 대충 생각하고 대충 넘겨 버리고 나면 남은 것은 시간이 해결해 주지 않을까요?"

시간이 해결해 준다는 말, 그럴지도 모른다. 열아홉 살과 스물아홉 살, 서른아홉 살 봄의 기억들은 망각되거나 희석된 퇴화 작용을 거쳐 그냥 강물 위로 떨어진 꽃잎 하나가 물살을 타고 조용히 흘러가는 이미지로만 남았으니까.

마흔네 살, 쌍사살이 된 지금의 나는 그렇지 않다. 불에 달군 쇠꼬챙이를 던져 넣은 것처럼 가슴속이 벌겋게 달아오르기만 하는 위태로운 봄이다.

경민은 나에 관해 대부분 알고 있고 이해를 하든 못하든 내 이야기를 참을성 있게 들어준다. 하지만 최근의 내 심정을 설명하기란 어렵다. 말없이 나를 쳐다보는 경민의 표정에는 걱정의 빛이 역력하다.

일과 관련된 문제로 서너 번 경민의 집에서 차를 마시고 온 적이 있다. 32평 아파트 안의 경민 부부를 통해 보는 실내 풍경이란 믿음의 뿌리를 견고히 내린 아늑한 온실처럼 보였다. 그것은 경민의 아내가 여자로든 주부로든 이렇다 할 흠을 잡을 수 없는 단아한 모습에서도 기인하겠지만, 외유내강한 성격의 경민이 말없이 묵묵한 이면에는 가족들을 위하는 배려가 남다르게 섬세한 것에 있다는 것을 어렵지 않게 읽을 수 있었다. 그의 아내는 나와 차를 마시면서 해맑은 미소를 담은 표정으로, 죽어 다시 만나고 싶은 사람도 경민씨라는 말을 의심 없이 말했다. 불멸을 꿈꾸는 순결한 사랑이라니…… 내 눈자위가 젖었다.

쌍사살, 마흔네 살의 우울한 삽화가 차창 밖 허공에 그려지는 동안 차는 양재동 지하철역에 왔다. 경민이 달리던 차를 멈춘다. 작업에 동참하기로 되어 있는 일행들을 만나기로 했기 때문이다. 곧바로 한 명이 나타난다. 충무로 어느 카페에서 대필을 할 원고 자료를 넘겨받느라고 경민을 만나던 날, 인사를 나눈 적 있는 경민의 후배다. 여자처럼 갸름하게 생긴 얼굴에 하얀 피부가 귀공자 같던 경민의 후배는 그날처럼 얼굴을 붉히며 반가움을 표한다. 경민의 후배는 자기 몸에 비해 부피가 두 배나 커 보이는 배낭과 카메라 다리를 트렁크에 넣어 놓고 뒷자리에 앉는다.

조금 후다. 두 명이 더 나타난다. 두 사람이 차에 오르는 대신 경민이 차에서 내린다. 나보고 잠깐만 내리라고 말한다. 경민은 두 사람에게 이번 작업에 참여하게 될 구성작가라는 말로 나를 소개시킨다. 나에게는 두 사람 모두 환경과 생태문제를 다루는 다큐멘터리 기획팀으로 이번 작업을 공동으로 하게 된 방송국 직원이라고 한다. 한 사람은 경민의 후배처럼 부드럽고 섬세한 감각을 지녔을 것 같은 인상이고, 또 한 사람은 키가 크고 이목구비의 윤곽이 뚜렷해 느낌이 아주 강렬해 보인다. 키 큰 남자는 어디서 본 듯, 모습이 눈에 익다. 어디서 보았나? 생각을 더듬는 중인데 키 큰 남자가 내게 명함을 내민다. 받아들고 보니 근무하는 방송국과 사진기자 김현이라는 외자 이름이 적혀 있다. 김현······. 나와 생면부지인 것이 분명한데 구면처럼 느껴져 기분이 묘하다. 두 사람은 경민에게 충무항에서 만나자는 말을 남기고 타고 온 차로 되돌아간다.

주말의 도로는 꽃놀이를 떠나는 관광버스를 비롯해 서울을 벗어나려는 차량들이 서로 뒤엉켜 정체가 심하다. 한 구간을 빠져나가면 또 다음 구간에서 정체되어 버리는 바람에 가다 서다를 반복한다. 지루함 속에 간신히 고속도로를 타기 시작했을 때, 해는 정수리 쪽에 떠 있다.

고속도로를 달리는 내내 나는 차창에 머리를 기대고 김현과 어디서 만난 적이 있었는지 기억을 더듬어 본다. 하지만 김현이란 이름과 연결되어 있는 기억은 없다. 드물지만 가끔 첫눈에 상대방을 빨아들이는 흡인력이 강한 사람을 만나게 될 때가 있다. 김현에게서 받은 느낌도 그런 것일지도 모른다.

나는 잠이나 한숨 자둘 생각으로 눈을 감는다. 열어 놓은 차창 안으로 자동차 바퀴소리가 귀를 먹먹하게 한다. 살랑바람을 타고 날아온 꽃향기들이 소곤대기도 한다.

그렇게 달리기를 대략 5시간 남짓 한 후 잠이 깼다. 몽롱한 기분으로 차창 밖을 내다보자 1차 목적지인 충무항에 도착해 있다. 차를 선착장 부근의 주차장에 주차시켜 놓는 사이 경민의 휴대 전화 벨이 울린다. 통화 내용으로 보아 방송국 직원들이 먼저 도착해 매점 앞에서 캔 커피를 마시고 있는 중이라고 하는 것 같다. 조금 후 두 사람이 나타난다.

페리호와 어선들이 정박해 있는 항구에는 낚시꾼들을 상대로 영업을 하는 소형 어선의 선주들이 서성거리며 호객 행위를 하고 있다. 일행은 곧바로 홍도로 실어다 줄 배를 구하러 다닌다. 그러나 가려는 곳이 기

둥바위나 촛대바위 등이 있는 관광지 홍도가 아니라 사람을 피해 사는 새들의 서식지인 무인도이다 보니 선주들은 손을 내저으며 거절한다. 1시간 남짓 한 사이 만나는 선주들은 한결같이 그런 무인도로는 갈 수 없다는 대답만 한다. 일행의 표정이 지쳐간다.

"마지막으로 한 번만 더 찾아봅시다. 최작가님은 같이 움직일 필요없이 여기서 기다리고 있고요."

비장한 표정을 한 채 일행이 다른 선주를 찾기 위해 다시 어디론가 간다. 선착장에 혼자 남은 나는 바다 위를 날고 있는 갈매기들에게 시선을 던진다. 와글거리며 오가는 사람들 속에서 한 여자가 휴대 전화로 누구인가와 통화를 하면서 내가 있는 곳으로 걸어오고 있다.

"내가 너희 두 년놈들 무사히 결혼식을 하도록 가만있을 줄 알아? 나와 있었던 일들, 그년에게 전부 까발려 버릴 테니까. 네놈에게 미쳐 남편도 아이도 모두 내팽개치고 집을 나온 나였는데, 이런저런 이유로 돈만 뜯어내고 이제 젊은 년 만나 결혼을 한다구? 절대로 네 뜻대로는 안 될 거야. 개자식아. 그런데 왜 자꾸 거짓말만 하면서 사람을 피하느냐고? 그리고 그동안 전화는 왜 안 받았어? 이 새끼가 사람을 뭘로 보고 또 거짓말을 하네. 그래서 내가 당장 네 사무실로 가 뒤집어 놓을까? 산전수전 다 겪은 나야. 그까짓 것 못 할 줄 알면 오산이야. 그래도 그동안 내가 참아왔던 것은 그래 그 드런 놈의 정 때문이었다. 똥싼 놈이 성질 낸다고 네가 뭐 잘했다고 욕질이야? 여보세요? 여보세요? 이 드런 새끼가 또 전화를 꺼버렸네."

따발총처럼 쏘아대며 싸우고 있는 여자의 목소리에서는 쇳소리가 난다. 온몸에 소름이 돋는 기분이다.

나는 여자를 유심히 살펴본다. 검은 바탕에 자잘한 빨간색 꽃무늬와 초록색 나뭇잎 무늬가 프린트된 원피스에 빨간 구두를 신고 있는 여자의 몸매는 처녀처럼 군살 하나 없이 날씬하다. 파마를 한 긴 머리 아래 문신을 한 눈썹과 성형수술을 한 흔적이 보이는 오똑한 콧날까지 외모에 공을 들인 흔적은 역력하다. 하지만 진한 화장으로도 마흔은 족히 되어 보이는 나이와 살아온 세월이 그다지 녹록치 않았음을 느끼게 하는 세파의 흔적까지는 감추지 못한다.

망측스러운 말을 마구 내뱉던 걸로 보아 여자는 남자와 정상적인 관계가 아닌 것만은 분명하다. 남자는 사랑을 빙자해 여자를 이용하다가 다른 여자가 생기자 차버린 것 같다. 사람들 저마다 사랑법이 다르다고 하지만, 이건 아닌 것 같다. 진정한 사랑을 했다면 적어도 저런 식으로 상대를 훼손하고 파괴하는 일 따위는 하지 않을 테니까. 여자는 감정을 통제할 수 있는 최소한의 의지나 부끄러움도 남아 있지 않은 상태 같다. 여자는 흘끔거리며 지나가는 주변의 뭇시선 따위는 아랑곳없이 연신 욕질을 해대며 휴대 전화의 버튼을 누른다. 그러자 상대편은 아예 전원을 꺼버린 모양이다. 고작해야 여자에게 돈이나 뜯어다가 다른 여자를 만나 결혼을 할 남자였다면 미련을 둘 필요도 없으련만 무엇에 미쳐 저렇듯 절박한 집착에 사로잡혀 있는 것일까?

나는 여자를 훔쳐보면서 교미하는 두 마리 뱀과 관계중독증이란 말을 떠올린다. 경멸과 측은지심이 동시에 든다. 여자는 마침내 통화를 포기한 듯 지친 표정으로 전화기의 폴더를 덮는다. 이내 바닥으로 나뒹굴고 말 것 같은 휘청거리는 걸음으로 바다를 향해 걸어가더니 시멘트 바닥에 털썩 주저앉는다. 그리고 핸드백에서 담배를 꺼내 문다. 여자는 담배 연기를 뿜어 올리며 울기라도 하는 것일까. 어깨가 심하게 들썩인다. 저러다 바다로 몸을 던져 버리는 불상사가 생기는 건 아닐까? 내 마음이 불안해진다.

여자 앞으로 한 무리의 낚시꾼들이 몰려온다. 중년 남자들이다. 남자들은 여학교 때 배가 볼록 튀어나와 말레이시아 똥돼지라는 별명을 갖고 있던 과학 선생과 닮았다. 내가 무척 싫어했던 선생이었다. 그 남자들의 눈에도 여자의 모습이 이상해 보이는지 흘끔흘끔 쳐다보며 지나간다.

배를 구하러 간 일행이 나타난다. 선장으로 짐작되는 낯선 사내 한 명을 매달고 싱글벙글하며 걸어오고 있는 품새로 보아 배를 구한 모양이다. 경민이 나를 향해 브이 자 모양을 한 손가락을 들어 보인다.

"손님들이 타고 갈 배가 저그 저거인 게 짐부터 빨랑 옮기시유."

낡은 슬리퍼 사이로 보이는 선주의 발등은 거북이 목처럼 주름이 쭈글쭈글 잡혀 있다. 선장이 정박되어 있는 작은 낚싯배 한 척을 가리키며 말한다.

선착장에 주차해 두었던 두 대의 차 안에서 부려낸 촬영 장비, 다섯 사람이 3박4일 동안 먹을 식량과 부식 등 부피가 만만치 않다. 일행이 땀을 뻘뻘 흘리며 낚싯배에 짐을 옮겨 놓던 중이다.

"이 배가 무인도로 간다던데, 나도 같이 좀 갈 수 없어요?"

귀에 익은 쇳소리에 흠칫 놀라 돌아보니 빨간 구두의 여자였다.

"이 배는 낚시를 하러 가는 게 아닌데요."

경민이 마지막으로 남은 짐을 들어올리며 말한다.

"저기 선장에게 이야기 들었어요. 무인도로 새를 찍으러 가는 사진작가 분들이라고……."

　일행 중 누구도 여자의 요구에 응할 기색은 없어 보인다. 모두 수상쩍은 시선으로 여자를 쳐다보다가 짐을 들고 배를 향해 뛴다. 내게 여자의 요구를 들어줄 권한 같은 것은 없었지만 왠지 묻고 싶어진다.

　"그런데 무인도로 가야 할 특별한 이유라도 있나요?"

　"쉬고 싶어서요. 사람이 없는 곳으로 가서 아주 오래도록……."

　그리고 다시 여자가 무슨 말인가를 하려고 입을 달싹했던 순간이다.

　"최작가님, 뭐해요. 빨리 와요."

　경민이 쓸데없이 뭐 그런 여자와 말을 섞고 있느냐는 못마땅한 표정을 짓는다. 나 역시 낯선 여자의 심기 사나운 상황에 휘말리고 싶은 마음까지는 추호도 없던 터라 부리나케 경민의 뒤를 쫓는다. 내가 배에 오른 후에도 여자는 우리들을 지켜보며 선착장을 서성거린다.

　낚싯배가 방정맞은 모터 소리를 내며 달리기를 한동안, 육지는 아스라히 멀어져 보이지도 않는다. 이상하게 선착장에서 본 빨간 구두의 여자가 물 위를 걸어오는 것만 같은 착시 현상이 자꾸 든다.

　도리질을 치면 칠수록 쇳소리가 나던 목소리와 빨간 구두의 잔상은 어릴 적 들길을 걷다 보면 옷에 달라붙는 도깨비바늘처럼 떨쳐지지 않는다. 분명 유쾌한 일은 아니다.

　걸치고 있던 청자켓 위로 파고드는 바닷바람이 차다. 추위에 달달거리고 서 있는데 누가 어깨를 툭 친다. 돌아보니 김현이다.

　"이럴 때는 소주 한 잔을 마시면 도움이 되죠."

　종이컵에 따른 소주를 내민다.

　"어디서 본 듯한데 기억이 나지 않네요."

"그렇지 않아도 저 바닷속을 바라보며 내 전생이 왕자였고, 최작가의 전생이 인어공주가 아니었을까 하는 생각을 하고 있던 참이었죠."

이 남자, 선수같잖아? 나는 픽 웃고 만다. 소주 두 잔을 받아 마신 나는 바다만 바라본다. 김현도 말없이 바다만 묵묵히 바라보고 있다.

망망대해- 푸른 바닷물과 수평선만 보이는 깊은 바다를 달리기를 4시간쯤 지났을 때다.

무인도가 나타나기 시작한다. 낚싯배는 일행을 내려놓을 알맞은 장소를 찾느라 한참을 이리저리 돌아다닌다. 그러나 일행 앞에 나타난 것은 지형이 지나치게 가파르거나 파도가 심히 들이치는 곳이라 도저히 배를 댈 수 없는 곳뿐이다. 다시 몇 개의 섬 주변을 돌고 돌기를 한참 한 후다.

가까스로 배를 댈 만한 등대가 있는 섬 하나를 찾아내고 하선한다. 배에 실었던 짐들을 끙끙대며 섬에 부려 놓자, 낚싯배는 이내 다시 돌아갔다. 아래에서 위를 올려다보니 벼랑이 여간 가파르지 않다. 위를 향해 짐을 들고 올라가려면 고생이 이만저만이 아닐 것 같다.

"선배, 저길 어떻게 올라가지요?"

경민의 후배는 보기만 해도 현기증이 돈다는 듯, 한숨을 푹 내쉰다.

"야, 촬영만 할 수 있다면 무엇이 두렵냐. 그동안 이렇게 저렇게 한 고생이 어디 저 벼랑을 오르는 일보다 쉬워서 했냐? 까짓 숨 한 번 크게 쉬고 도전하는 거지."

"자, 뒤는 깊이를 알 수 없는 시퍼런 바닷물입니다. 물러설 수 없는 길이라면 전진밖에 더 있겠습니까? 가봅시다."

제각각 한 마디씩 던지고 난 일행은 심호흡으로 숨을 고르더니 짐을 든다. 낑낑대며 벼랑을 오르기 시작한다. 몸이 휘청하면서 미끄러지기를 반복한다. 가까스로 섬 위로 올라섰다. 모두 이마에서 굵은 땀방울들이 뚝뚝 떨어지고 있다. 그러나 그 땀을 미처 씻을 사이도 없이 일행은 곧바로 등대로 향한다. 등대지기를 만나야 하기 때문이다.

등대 뒤편에 시멘트로 된 작은 건물이 하나 있다. 등대관리소다. 등대지기는 밖에서 들리는 기척에 문을 열고 살펴보다가 우리 일행을 발견했나 보다. 바위를 닮은 듯 과묵해 보이는 등대지기가 관리소 밖으로 나온다.

"우리는 사진작가와 방송국 환경 다큐멘터리 제작팀으로 괭이갈매기의 번식 장면을 촬영하기 위해 3박4일의 일정으로 이 섬으로 들어온 사람들입니다."

경민이 일행들의 신분과 섬으로 들어온 목적을 밝히자 등대지기는 반갑게 맞아준다.

"아이고, 그래예. 반갑십니더. 3박4일이라면 잠자리가 필요할 텐데, 지를 따라오이소."

우리는 앞장선 등대지기를 따라간다. 등대지기는 등대에서 조금 떨어져 있는 낡은 집으로 일행을 안내한다. 작은 마루를 사이에 두고 방 두 개가 있다. 전에는 등대관리소 직원들의 숙소로 쓰던 곳인 듯 살림을 했던 흔적이 남아 있었다.

그러나 비어 둔 시간이 길었던지 벽지에는 곰팡이가 피어 있고 바닥은 먼지가 뽀얗게 쌓여 있다. 경민과 후배가 목에 걸치고 있던 수건을 벗어 바닥에 내려앉은 먼지를 대충 닦는다.

지친 몸을 쉬고 있었을 때였다. 등대지기가 낚시로 직접 잡은 생선으

로 끓인 것이라면서 매운탕 한 냄비를 들고 온다. 늦은 점심에 허기가
잔뜩 져 있던 일행들은 등대지기와 이야기를 나누며 매운탕 한 냄비를
순식간에 해치운다. 등대지기 아저씨는 다음 달이면 이곳을 떠난다고
한다. 자신이 이곳 마지막 등대지기로, 무인 등대가 설치되기 때문이라
고 한다. 등대지기 아저씨는 섭섭한 마음을 감추지 못한다. 어둔 밤바
다를 지나가는 배를 위해 자신의 손으로 등대를 켜고 끄던 일을 해왔던
마지막 등대지기 아저씨의 모습은 오래도록 내 기억 속에 남아 있을 것
같다.

일몰 시간이 얼마 남지 않았다. 해가 지면 작업을 할 수 없으므로 모두
들 서둘러야 한다. 일행 모두 밖으로 나간다.

"우리가 우선 해야 할 일은 섬 안에 서식하고 있는 괭이갈매기의 수가
얼마나 되는지를 알아보는 것이니까 지금부터 섬을 돌아봅시다."

5월은 갈매기들의 번식기이기 때문에 섬 곳곳에서는 알을 품고 있는
괭이갈매기들의 모습이 보인다. 간혹 이미 부화를 해 새끼를 키우고 있
는 어미들도 보인다. 일행은 생각한 대로 이곳에 서식하는 갈매기들의
수가 많아 촬영을 하는 데는 별 어려움이 없을 것 같다며 기뻐한다.

어느덧 해가 지고 있다. 모두들 발걸음을 제대로 뗄 수 없을 만큼 피곤
한 상태로 잠자리로 돌아간다.

식사도 하는 둥 마는 둥 피곤에 지친 일행들은 머리를 바닥에 대자마
자 곧바로 잠 속으로 떨어져 버린다. 평소 나는 잠자리가 바뀌면 뜬눈
으로 밤을 새우고 마는 습관이 있었지만 작은 방으로 들어가 눕자마자
정신없이 잠 속으로 빠져든다. 잠결에 때로는 은은하게, 때로는 거칠게
들려오는 파도 소리가 자장가처럼 들린다.

다음날 일행은 같은 조건 속에서 섬에서 서식하고 있는 괭이갈매기들의 수와 포란중인 알의 수를 비롯해, 이미 부화가 된 어린 새들의 개체 수를 조사하는 일로 하루를 보냈다.

본격적으로 촬영을 시작한 것은 섬으로 들어온 지 사흘째 되는 날이다. 이 섬에 살고 있는 갈매기들 대부분이 육지에 사는 새들과는 달리 그다지 사람을 경계하지 않는다. 덕분에 촬영이 순조롭다. 하지만 작업의 성격 자체가 사람을 모델로 할 때처럼 포즈를 인위적으로 연출해서 필요한 컷을 만들어 내는 것이 아니라, 자연 상태에서 새들이 연출해 주는 포즈를 순간 포착으로 담아내는 것이다 보니 인내와 기다림을 숙명으로 알고 있지 않으면 이 일은 해낼 수 없다는 말이 고스란히 실감되는 하루를 보냈다.

경민은 어미 새의 모습은 카메라에 담았지만 어린 새끼들은 겁을 먹고 풀숲에 몸을 숨기고 좀처럼 모습을 드러내지 않고 있어 단 한 컷도 잡지 못했다며, 이제나저제나 어린 새끼들이 나타나 포즈를 취해줄까 망원 렌즈에 시선을 박은 채 장시간 대기 상태에 있다.

갑자기 거대한 수의 갈매기 떼들이 하늘을 날기 시작한다.

"아루룩~ 아루룩~."

고양이를 닮은 괭이갈매기 울음소리가 파도 소리를 삼키며 섬을 뒤덮는다.

"와아!"

장관에 이구동성으로 감탄사를 토한다. 네 명의 사진기자들은 서 있는 위치를 달리한 상태에서 찰칵찰칵 카메라 셔터를 누르기에 여념이 없다. 나는 괭이갈매기들이 연출해 내는 황홀한 비상을, 꿈을 꾸는 기분으로 바라본다. 경민은 잠깐 사이에 필름 한 통을 다 써버리고 새 필름으로 갈아 끼운다.

"갈매기 떼들이 저렇게 집단으로 날아다니는 것은, 같은 섬에서 서식하는 매 같은 천적들이 나타나 새끼들을 낚아채 가는 것을 막기 위한 집단방어 행동이죠."

언제 자신들을 덮칠지 모르는 천적들에게 세력권을 과시해 보임으로 자신들의 삶을 보호하려는 생존의 몸부림이라니! 감동에 목이 멘다. 하늘을 덮었던 괭이갈매기 무리들은 저녁 해가 낙조가 되어 바닷속으로 완전히 사라져 갈 때까지 허공을 선회하다 흩어지기 시작한다. 일부는 섬으로 날아오고, 일부는 파도가 들이치는 바위에 내려앉는다.

어린 새끼들을 촬영하는 일은 다음날로 미루고 작업을 중단한다. 다시 숙소로 돌아간다. 일행은 전날과 마찬가지로 식사를 마치자마자 머리를 바닥에 대더니 곧바로 잠에 곯아떨어지고 만다. 잠을 자는 동안 나는 독수리처럼 날카로운 발톱과 부리를 갖고 있는 커다란 새가 나를 물어뜯는 흉측한 꿈만 꿨다. 아침에 눈을 떴을 때는 두통에 골이 흔들린다.

잠자리에서 일어나 보니 날씨가 아주 좋지 않다. 안개가 심하게 끼어한 치 앞도 내다볼 수 없고 이슬비까지 내린다. 예정된 마지막 날이었지만 일행은 오늘로 미룬 어린 새들의 모습은 구경도 못한 채로 숙소에서 비가 내리고 있는 창문 밖만 바라보다가 하루가 갔다.

다음날은 설상가상으로 폭풍까지 동반한다. 밤인지 낮인지 구별도 되지 않는 어둑한 날씨 속에서 하루가 저물 무렵이다. 등대지기가 숙소로 찾아왔다. 파랑주의보까지 내려지고 근처에서 고기를 잡던 고깃배들까지 섬으로 피항을 오고 있는 중이라는 소식을 전해주고 돌아간다.

가져온 식량은 바닥이 났고 라면 두어 개만 남아 있다. 그런데 파랑주 의보라니! 눈앞이 아찔해진다.

예정대로라면 이미 섬을 떠났어야 한다. 이런 상황이 언제까지 계속될 것인가. 모두들 속수무책인 상태에서 하늘만 바라보고 있는 일이 지루하다 못해 불안감을 감추지 못한다. 속이 바짝바짝 타고 있는 눈치이다.

나 역시 조바심을 치다가 답답함을 식혀볼까 하는 마음으로 방을 나왔다. 우두커니 서서 휘몰아치는 태풍을 바라보던 중 폭풍의 언덕을 헤매는 히스클리프가 상상된다. 나는 폭풍우 속으로 걸어들어간다. 몸이 젖는다. 처음 젖은 머리카락과 옷에서는 뜨끈한 살 냄새가 난다. 시간이 지나면서 내 몸에서는 바다 냄새, 비 냄새, 바람 냄새 같은 것들이 뒤섞인다. 섬을 한 바퀴 돌았다. 그 사이 내 몸의 모공마다 깃털이 돋은 기분이다. 비에 젖은 몸에서 새의 깃털 냄새가 난다.

등대 근처에 왔다. 비에 젖은 옷이 몸피처럼 살갗에 찰싹 달라붙었다. 젖은 옷에 체온을 빼앗긴 때문인 것 같다. 몸이 와들와들 떨린다. 육체의 추위가 정신의 추위까지 몰고 온 것일까. 내 안에서 알 수 없는 서러움이 솟구친다.

'겉으로는 강한 척하지만, 무너지지 않을 것처럼 단단한 척하지만, 고독 따위는 얼마든지 잘 견디는 척하지만, 나약하기 그지없고, 속에서는 피고름이 줄줄 흐르고 있고, 하루에도 수없이 무너지고, 혼자 감당해야 할 고독의 몫이 무서워 미친 듯이 누군가를 부르고 있는 이런 내가 싫어.'

값싼 연민에 촌스러운 청승마저 떨어대는 내 꼴이 싫어 도리질을 해보지만 거부한다고 해서 내 꼴이 달라지지 않는다는 것도 인정해야만 한다. 만일 내가 달라질 필요가 있다면 그때는 어떻게 해야 하는지 누가 가르쳐 주면 좋겠다는 생각이 간절한 채로 나는 계속해서 빗속을 걷는다.

등대 근처에 이르렀을 때다. 갑자기 앞을 턱 가로막는 사람이 있다. 놀란 나는 뒷걸음질을 친다. 김현이다.

"휴~, 놀랐잖아요."

내가 손으로 가슴을 쓸어내리며 말하자 김현이 바다를 정면으로 마주보는 자세로 바위에 걸터앉으며 말한다.

"작정하고 뒤를 밟은 것은 아니었습니다. 등대지기에게 식량을 좀 얻으러 갔는데 교대 날짜가 며칠 남지 않아서 도와줄 식량이 없다는 말만 듣고 돌아오던 길에 최작가를 발견하게 된 거요."

"이런 제 모습, 미친 여자처럼 보이지 않나요? 못 본 척 해주었더라면 좋았을 걸……."

"어차피 여기는 의식해야 할 시선도 없는 무인도 아닙니까? 아무려면 어때요. 근데 비를 맞으며 무슨 생각을 그렇게 한 겁니까?"

나도 바위에 걸터앉아 파도가 치는 바다를 보며 말한다.

"일종의 자학인 셈이죠."

"그렇다고 마조히즘은 아닐 테고, 무슨 문제 있어요?"

"혹시 바람 피워 본 적 있어요?"

김현이 몹시 곤혹스러운 표정을 짓더니 내 얼굴을 빤히 쳐다본다. 이 여자도 이제 보니 맛이 갔군 하는 따위의 생각을 하고 있을지도 모른다. 김현이 무슨 생각을 했는지 내게 묻는다.

"최경민 작가와는 어떤 사이인가요?"

"최경민 작가와는 10년을 한결같이 지내왔지만 서로를 존중하고 인정해 주는 그런 사이이면서 아무것도 아닌 사이죠. 지금까지도 그래왔지만 앞으로도 그건 마찬가지일 겁니다."

"단순히 작업 파트너라 그런 뜻인가요?"

"네."

김현이 잠시 뭔가 생각하는 기색을 보이더니 말한다.

"그럼요, 그런 재미없는 관계 말고요. 나와 의미 있는 어떤 사이가 되어 볼 생각은 없으십니까? 이를테면 살아가는 어떤 순간에 예기치 않은 파랑주의보가 발령되는 날이라던가, 내 안의 외로움이 짐승의 울음처럼 처절해지는 날, 우리 서로에게 피항할 수 있는 또 하나의 섬이 될 수 있도록 말이오."

"남자들도 단지 외롭다는 이유로 처절해지는 날이 있나요?"

"처절해지는 날이 있는 정도가 아니라 지긋지긋하게 앓아온 오랜 지병이죠."

남자들이 여자를 유혹할 때 모성본능을 자극하기 위해 흔히들 사용하는 상투적인 방법 중에 하나가 외롭다는 말이라는 걸 알면서도 가장된 제스처로만 느껴지지 않는다. 내 마음에도 헛것이 들어앉기 시작했는지 모르지만 이마 위로 흘러내린 머리카락이며 빗물에 젖은 얼굴에 깊은 눈빛이 어쩌면 이 남자는 정말로 외로울지도 모른다는, 뭔가 절박한 감정마저 느껴진다.

"의미 있는 관계가 되자고 했나요? 그렇담 지금 당장 날 안을 용기가 있으세요?"

나는 대범한 척 말한다.

“솔직한 유혹이 싫지 않네요.”

김현이 앉았던 자리를 털고 일어난다. 다가와 두 손으로 내 얼굴을 감싸 쥔다. 뭐라 할 사이도 없이 김현의 혀가 내 입안으로 들어온다. 나는 거부하지 않는다. 다시 김현의 혀가 내 목덜미와 귓바퀴를 거쳐 유두 쪽으로 옮아간다. 혀가 닿는 자리마다 어릴 적 빠진 이가 새로 날 때 잇몸을 근질거리던 것과 흡사한 근질거림이 느껴진다. 현은 두 마리 물새가 교미를 하듯 내 몸을 뒤로 돌려세운 자세에서 몸 안으로 파고든다. 김현이 내 몸 안에서 움직이기 시작하면서 나는 이틀 전 작업 도중 목격한 괭이갈매기들의 집단 비상을 떠올린다. 그러자 나와 김현의 몸에서 젖은 새의 깃털 냄새가 나기 시작한다. 마침내 참을 수 없는 격정 속으로 빠져들며 내 입에서는 괭이갈매기처럼 아르르륵 아르르륵 하는 울음소리가 난다. 땀과 빗물이 뒤범벅된 상태에서 김현이 내 몸에서 떨어져 나간다. 나와 김현은 가쁜 숨을 몰아쉬며 바위에 몸을 기댄 채 해일이 되어 솟구쳐 오르는 파도 소리를 듣는다.

물안개가 자욱한 바다 어디쯤에서 아루룩~ 아루룩~ 괭이갈매기 울음소리가 들린다. 짙은 해무로 인해 시정거리가 2~3미터도 채 되지 않는 상황이었으므로 괭이갈매기들도 우리 일행처럼 섬 주변의 어느 바위 위에 자기들끼리 몰려 앉아 파랑주의보가 해제되기를 기다리고 있는 중일 것 같다.

김현이 먼저 몸을 일으켰다.

“숙소로 갑시다.”

김현과 내가 나란히 숙소로 들어오는 것을 경민이 본다. 두 사람의 행적에 대해 의심을 하는 눈치는 아니다.

비가 그친 것은 폭풍우에 갇힌 지 3일만이다. 파도도 약해진다. 한 시가 다급한 사정인 일행들은 혹시 낚싯배라도 구할 수 있을까? 하는 기대를 안고 등대지기를 찾아간다.

등대지기로부터 오후에 피항온 고깃배들이 잡은 고기를 싣기 위하여 큰 배가 오는데 그때까지 기다려보라는 말을 듣는다. 문제는 그 배가 가는 곳이 충무가 아니라 부산이라는 데 있다. 부산은 충무와는 반대 방향이다 보니 일행은 다시 난감해지고 만다. 그러나 부산이든 어디든 우선 섬을 빠져나갈 수 있다는 것만으로도 다행이니 일단 그 배를 타고 보자는 결론을 내린다. 등대지기에게 배가 오면 알려달라는 부탁을 해 놓고 일행은 다시 숙소로 돌아간다. 큰 배는 온다는 시간이 정해져 있지 않다. 막연히 오후라고만 했다. 일행은 또다시 기다리는 일로 시간을 보내고 있을 수밖에 없다.

어느덧 정오가 지나고 다시 저녁이 찾아온다. 일행은 처량한 심정으로 마지막 라면을 끓인다. 라면이 익어갈 때다. 밖에서 등대지기가 급하게 부르는 소리가 들린다.

"고깃배가 왔으니 빨리 나오이소."

라면이 문제가 아니다. 일행은 후다닥 짐을 챙겨 들고 등대지기를 따라간다.

큰 배가 와 있다. 그 사이 고기들을 모두 옮겨 싣고 우리 일행이 오기를 기다리고 있다. 서둘러 절벽 밑으로 내려가 보니 문제가 있다. 들이치는 파도 때문에 배가 왔다 갔다 하는 바람에 승선을 하기가 힘들다. 젊은 선장이 궁여지책으로 알려준 방법은 파도가 들이쳐 배가 절벽 밑으로 바짝 달라붙는 타이밍에 맞추어 잽싸게 올라타는 것이다.

한 명, 두 명, 무사히 승선한다. 마지막으로 경민의 후배가 배를 향해 발을 옮기던 순간이다. 타이밍이 빗나갔다는 판단이 든 것과 동시에 경민의 후배가 발을 헛디뎌 몸이 기우뚱한다.

"앗!"

일행의 얼굴들이 흙빛으로 변하는 것과 동시에 선장이 경민의 후배 팔을 움켜잡는 것이 보인다. 옆에 있던 경민과 김현이 경민의 후배를 들어올린다.

"휴우~."

죽음과 삶이 교차하던 찰나의 순간, 일행의 이마에서는 식은땀이 주르르 흘러내린다.

드디어 배가 출항한다. 부산항까지 소요되는 시간은 5시간 30분 정도라고 한다. 그런데 섬을 벗어났다는 안도감도 잠시뿐, 일행을 기다리고 있는 것은 지독한 배멀미의 고통이다. 엄청난 파도에 배가 물 속 깊숙이 가라앉는 것 같기도 하고 잠시도 쉬지 않고 출렁거리는 바람에 정신을 차릴 수 없다. 저녁도 먹지 못해 빈속인데 창자를 비틀어 대며 치밀어 오르는 구토에 차라리 배에서 뛰어내리고 싶은 심정이다. 일행 모두 얼굴이 사색이다.

배는 파도와, 일행은 멀미와 사투를 벌이는 가운데 자정이 조금 지나자 부산항에 도착했다. 항구 근처에 있는 낡은 호텔로 방을 얻어 들어간 후에는 서로를 몰라볼 정도로 지쳐 있다.

고행을 치르고 난 다음날 아침이다. 일행이 충무로 가는 배를 타기 위해 다시 부산항으로 나갔을 때, 해면은 지난 밤의 악몽 같던 일들에 대해서는 시치미를 뚝 뗀 채 얄미울 만큼 잔잔하다. 정박해 있는 어선들,

출항을 하고 있는 여객선 위로 갈매기들이 유유히 날고 있는 모습이 무척이나 평화롭게 보인다.

"저 야속한 갈매기들 같으니라구."

경민이 혼자 중얼거린다. 그리고 계획에는 없었지만 이왕 온 것이니 부산항 주변에서 서식하는 갈매기들도 관찰해 보자고 한다. 모두 찬성한다.

작업 결과 부산 항구에는 여러 종의 갈매기들이 있다는 걸 알게 되었다. 텃새인 괭이갈매기, 재갈매기, 붉은부리갈매기를 비롯하여 겨울 철새들인 갈매기들도 떠나지 않고 있다. 그 중 이번 촬영 대상이었던 괭이갈매기도 있었다. 괭이갈매기는 몸길이 약 47센티미터로 홍도, 백령도, 도고, 신도 등에서 5월에서 7월 사이에 번식을 하여 2~3개의 알을 낳은 후에는 항구나 어시장 부근, 바닷가 바위 등에서 서식을 하는 새다. 부산항 주변에서 적지 않은 괭이갈매기들을 볼 수 있는 것은 항구의 청소부라고 불리면서 생선을 손질하고 나면 생기는 내장이나 죽은 물고기들이 주변에 많아 쉽게 먹이를 구할 수 있기 때문이다.

촬영을 마치고 장비를 정리한 일행들은 충무로 가는 배를 탄다. 김현은 의도적인 행동은 아닌 듯했지만 충무 선착장에 도착할 때까지 나와 멀찍이 떨어진 갑판 위에 자리를 잡고 서서 바다만 바라본다. 그 모습이 화인처럼 내 몸에 남은 전날의 일을 상기시킨다. 나는 어제 일을 부인해 본다. '이건 파랑주의보로 인한 돌발 사고에 지나지 않은 일이었어. 그러니 폭우 속에서 했던 약속들은 날이 맑아지면 서둘러 잊어주는 것도 서로에 대한 예의일지도 모르잖아.'

그런 내 갈등을 알지 못한 김현은 충무항에 도착한 후에야 한 마디 한다. 선착장에 세워 두었던 자신의 차를 타기 직전이다.

"서울 도착한 후 시간 나면 전화할게요."

김현이 탄 차가 먼저 떠난다.

서울로 돌아왔다. 그 사이 라일락꽃은 모두 지고 잎만 무성하다. 김현은 시간이 나면 전화를 하겠다는 약속 따위는 까맣게 잊은 것일까? 연락이 없다. 전화벨이 울리면 그가 아닐까? 가슴이 설렌다. 하지만 그때마다 다른 사람이다. 그날 일은 스스로 돌발 사고였다고, 없던 일로 치겠다고 다짐을 해놓고 결심을 번복해 기다리고 있는 내 꼴이 우습고 처량하다. 나는 잊는 쪽으로 마음을 다잡는다. 그러나 잠이 들면 김현과 나는 물새가 되어 수평선을 향해 훨훨 날고 있다. 잠이 깨면 공허함에 시달리면서도 그런 꿈은 하루도 빠지지 않고 꾼다.

기다림과 체념이 반복되는 하루를 보내던 중 김현으로부터 전화를 받았다. 무인도에서 보고 3주만이다. 그래서 김현과 나의 만남은 다시 시작되었다. 두 사람이 만날 때는 방송국 근처의 카페나 식당에서 만난다. 밥을 먹고 술을 마시면서 일과 관련한 문제들을 화제로 삼는다. 그러나 무인도에서 있었던 일 같은 것은 다시 반복하지 않았다. 내가 김현을 만나는 이유는 외롭다는 생각이 들 때 누구인가 내 옆에 있어 준다는 것이 위안이 되기 때문일 뿐이라고 선을 그었기 때문이다. 그런 내 태도에 김현은 화를 낸다. 내가 당신을 만나는 목적은 고작 그런 이유 때문이 아니라고 하면서도 무례하게 굴지는 않는다. 나는 그것만으로도 김현이 순수하고 진실한 남자라는 믿음이 든다. 그래서 만나고 헤어질 때는 늘 내 가슴이 아프다.

나는 김현을 사랑하고 있었던 것 같다. 하지만 그 사랑이란 허공에 떠 있는 집 하나를 짓는 일일뿐, 내 삶이 다시 구원되리라는 환상을 현실로 실현시키기에는 위험 부담이 너무 크다.

그래서 만날 때마다 이번 만남이 마지막이라는 결심을 해본다. 하지만 정작 만나고 돌아설 때는 정말로 마지막이 될까 봐 그의 등을 보지 않으려고 애쓰는 나를 발견한다.

그런 사이 봄이 갔다. 여름이 되면서 김현의 연락은 다시 뜸해졌다. 기다리다 내가 전화를 해도 신호음만 울릴 뿐 받지 않는 날이 늘어간다. 기다림에 지쳐갈 즈음이면 뒤늦게야 전화를 해 바빴다는 말을 한다. 연인 사이에 갑자기 연락이 뜸해지면서 바쁘다는 말이 잦아지고 있는 것은 좋은 현상이 아니다. 예감이 좋지 않다.

여름이 뒷걸음질치고 있다. 저녁을 하려고 슈퍼에 들러 양상추와 새싹, 날치알과 토마토를 사왔다. 그 사이 남편이 집에 돌아와 있었다. 나는 남편에게 날치알밥을 하려고 슈퍼에 다녀왔다고 말한다. 그리고 비닐봉지 안에 든 것들을 하나씩 끄집어낸다.

남편은 무엇 때문인지 화가 잔뜩 나 있다. 뭔가 험악한 기운이 감도는 그런 기분이 들어 무슨 일이 있었냐고 물어보려고 하던 참이다. 남편이 벌떡 일어나 내게로 오더니 손바닥으로 내 뺨을 사정없이 후려친다.

남편에게 얻어맞아 보는 일은 처음이다.

"왜 이래요?"

나는 부어오른 뺨을 움켜쥐고 물었다.

"그놈하고 어디까지 갔어?"

"그놈이라니……, 누구?"

"방송국 사진기자 놈이지, 누구겠어?"

　순간 내 손에 들려 있던 방울토마토 봉지가 툭 하고 아래로 떨어졌다. 방울토마토가 사방으로 구른다.

　"누구한테 무슨 말을 들은 거예요?"

　"왜 심증만으로는 인정할 수 없으니 물증을 대라 그거냐?"

　"……."

　"너희 두 년놈들이 만나는 것을 성준이가 여러 차례 목격한 바 있다며 마누라 단속 잘해야겠다고 친절하게도 빈정대더라. 다른 누구도 아니고 하필이면 성준이에게 나를 이렇게 망신시켜도 되는 거야?"

　성준이는 남편의 동창이다. 그러고 보니 성준이라는 그 친구의 직장이 방송국 근처에 있다. 남편은 성준이란 그 친구를 싫어한다. 내가 보기에는 그쪽보다 남편 쪽에 문제가 있어 보인다. 친구 사이지만 어릴 적부터 라이벌 관계였던 것 같다. 남편으로서는 인정하고 싶지 않은데 무시도 되지 않아 기분 나쁜 존재가 성준이라는 사람인 것 같다.

　"다시는 널 보고 싶지 않아."

　남편은 정수기에서 물을 뽑아 마시고는 유리컵을 부엌 바닥에 그대로 내동댕이치고는 몸을 돌려 현관을 향해 걸어간다.

　"잠깐만, 잠깐만요. 해야 할 말이 있으면 분명한 매듭을 짓고 나가던지 말든지 해야지 이런 식으로 피하는 것은……."

　"분명한 매듭이라고? 위자료 따윈 한푼도 줄 수 없으니 그렇게 알아."

　"당신도 바람을 피운 적이 있는데 어떻게 그렇게 말할 수 있어요?"

　"여자와 남자가 같아!"

　남편의 말대로 여자와 남자는 다르다. 부부 사이에서도 여자에게 문제가 없을 때는 수평관계가 성립된 듯 보이지만, 일단 아내 쪽에서 약

점이 잡히면 남편들이 행사하는 권력이란 왕권에 다름없다. 조선시대가 아니라 해도 남자가 바람을 피우면 그건 단순한 외도에, 실수에 지나지 않으나 여자가 바람을 피우면 맨몸으로 쫓겨나야 하는 죄악이 성립된다.

어쨌거나 나는 황급히 쫓아나가 현관문을 열고 밖으로 나가는 남편의 옷깃을 붙잡는다. 그러자 남편은 "어디다 함부로 손을 대고 그래." 하고는 내 손을 탁 쳐내며 밀어 버린다. 순간 내 몸이 기우뚱하며 뒤로 벌렁 자빠지고 만다. 인조 대리석으로 테를 두른 마루 모서리에 머리를 박았다. 그 사이 남편은 현관문이 부서져라 닫고 계단을 내려가는 소리가 들린다. 나는 황급히 몸을 일으켜 세운다. 남편의 뒤를 쫓아가려고 현관문을 여는데 뒤통수가 젖은 느낌이 든다. 손으로 만져보니 뭔가가 질퍽하다. 손바닥이 붉다. 피였다. 목덜미가 끈적거리며 통증이 느껴진다.

황급히 식탁 위에 있는 티슈를 뽑아 터진 머리 부위를 막는다. 지갑을 챙겨 집을 나간다. 네온사인들이 휘황한 거리에는 차량들이 맹렬한 속도로 질주한다. 매일 오가던 거리인데도 갑자기 어디가 어디인지 분별이 되지 않는다.

아무 생각없이 길을 갈 때는 눈에 잘 띄던 동네 병원 간판들도 어디에 있는지 하나도 생각나지 않는다. 외과 간판은 좀처럼 눈에 띄지 않는다. 자꾸 발이 헛디뎌지고 앞이 보이지 않는다.

피를 많이 흘린 탓일까. 이가 달달 부딪치며 한기가 든다. 나는 공포에 가까운 외로움을 느낀다. '살다 보면 예고 없이 파랑주의보가 발령되는 날이라든가, 내 안의 외로움이 짐승처럼 처절해지는 날이면 우리 서로 피항지(避港地)가 되어 보자' 고 했던 김현의 말을 떠올린다.

손을 덜덜 떨며 전화 버튼을 누른다. 신호음이 들린다. 그러나 신호음은 이내 멈추고 만다. 다시 통화를 시도해 본다. 그러자 아예 전원이 꺼져 있어 연결조차 되지 않는다. 김현이 발신 번호를 통해 번호를 확인했을 텐데……. 나를 피하기 위해 일부러 꺼버렸나? 아니야, 전화를 받을 형편이 되지 않을 때는 그럴 수도 있어. 그럼 나중에라도 해주겠지. 아니 배터리가 다 닳아 버린 상태일 수도 있어. 나는 애써 좋은 쪽으로 해석하면서도 눈앞이 아득해지는 절망감을 떨칠 수 없다. 그래, 이 시간에 설혹 연락이 된다 해도 이런 꼴을 보여 좋을 일이 뭐가 있겠어. 차라리 잘 된 거야. 나는 포기를 하고 지나가는 빈 택시를 잡는다.

내가 자리에 앉자 운전사가 당황한다. 아마 택시 안에 피라도 흘려 버리면 다음 손님을 태우는 데 지장이 있기 때문인 것 같다. 그래도 차마 내리라는 소리는 하지 않는다. 대신 두루마리 휴지를 뜯어 내밀며 피를 닦으라고 한다.

차가 출발한다. 어디로 가자고 하지도 않았는데 운전사는 종합병원 응급실로 가는 중인 것 같다. 나는 눈을 감는다. 귓전에서 아루룩 아루룩 울어대는 괭이갈매기 울음소리가 들린다.

'그럼요. 그런 재미없는 관계말고요. 나와 의미 있는 어떤 사이가 되어 볼 생각은 없으십니까? 이를테면 살아가는 어떤 순간에 예기치 않은 파랑주의보가 발령되는 날이라든가, 내 안의 외로움이 짐승의 울음처럼 처절해지는 날, 우리 서로에게 피항할 수 있는 또 하나의 섬이 될 수 있도록 말이오.'

괭이갈매기의 울음소리는 김현의 목소리로 바뀐다. 하지만 외로움이 짐승의 울음소리처럼 처절해 있는 지금 이 순간, 김현이 내게 확인시킨 것은 우리는 서로 타인이라는 냉정한 현실뿐이다. 내게 피항지는 없다고, 사랑을 다시 시작할 수 있고, 그래서 얼마쯤 외로운 시간에서 구원받을 수 있을 것이라 믿었던 것은 혼자만의 환상이었을 뿐이라고 눈물을 훌쩍거리고 만다. 운전사는 나를 종합병원 응급실 앞에 내려놓는다.

접수를 하고 응급실 안으로 들어간다. 간호사가 응급실 침대 하나를 가리키며 "저기 가서 누우세요." 라고 말한다. 침대에 눕자 의사가 온다. 머리카락을 헤치고 상처를 살펴보던 의사가 놀란 표정을 짓는다.

"아이고, 이거 어디서 어떡하다가 이렇게 다쳤어요? 찢어진 부위가 크네요. 마취를 하고 머리를 꿰매야겠는데……. 간호사 수술준비."

간호사가 내 손등에 링거를 꽂는다. 크레졸과 포르말린 냄새가 코끝으로 파고들고, 웅성대는 사람들과 슬리퍼를 끄는 소리들이 귓전을 파고드는 중 잠이 쏟아지기 시작한다.

이런 와중에 잠이 오다니……. 나는 이럴 수 있는 내 자신이 신기하다. 가물가물해지는 의식 사이로 의사의 목소리가 들린다.

"마취 다 되었으면 옮겨."

나는 누운 채 어디론가 옮겨지고 있다. 하지만 그곳이 어디인지 보이지 않는다. 나는 쏟아져 내리는 잠 속에서 쌍사살 ─마흔네 살의 봄이 내게 남긴 의미를 생각한다. 목련이 피고 지고, 벚꽃이 피고 지고, 라일락 꽃이 피고 지는 동안 한때 내 안을 채우고 있던 순결, 순수, 열정, 믿음, 기대 같은 것들도 더불어 지고 만 기분이다. 남편은 정말로 이혼을 결심했는지 모른다. 기분이 묘하다. 내가 이혼을 하는 것이 아니라 당하는 것이기 때문일까. 이혼은 오래 전부터 내가 은밀히 바래왔던 일이기도 하다. 그런데 그 일이 막상 눈앞에서 벌어지자 공포에 가까운 두려움이 느껴진다. 뭔가 처음부터 심한 계산 착오가 있었던 것처럼 이것은 내가 원한 것이 아니라서 몹시 억울한 기분이다.

'파랑주의보가 발령되었던 무인도에서 외로움과 외로움이 내통하며 피항지가 되어보자던 어떤 날의 약속 또한 그 환상의 옷을 벗어 버린 지금 이혼이라니…….'

하지만 이미 때는 늦었다는 생각이 든다. 갑자기 생의 온갖 비극이 한꺼번에 내게 몰아닥치는 기분이다. 어차피 인생이란 미화되고 과장된 겉껍데기 한 겹만 벗겨내고 그 안을 들여다보면 피고름 한 종지 없는 사람이 없다. 그래도 사람들은 내 이혼을 어떻게 받아들이려고 할까? 나는 앞으로 어떻게 살아가게 될까? 이혼과 동시에 닥칠 미래가 아득하게만 여겨진다. 내 머리로는 아무것도 정리가 되지 않는다.

잠이 쏟아진다. 어차피 내 힘으로는 아무것도 정리할 수 없다. 고통이나 슬픔에 대해 집착이나 비관보다 방치가 더 나을 때가 있는 것처럼 나는 모두 잊고 잠을 잘 것이다. 삶은 머무는 것이 아니라 흘러가게 마련이니, 오늘 지금 순간이 지나고 나면 이 모든 일들은 시간의 강물 위로 조용히 떨어져 내리는 작은 꽃잎 하나로 흘러간 그런 이미지로 남을 테니까.

그런데 언제 왔을까? 충무항 선착장에서 본 빨간 구두 여자가 내 옆에 서 있다. 나는 그 여자를 내게 와 달라고 부른 적이 없다. 정말 이상한 일이다. 하지만 나는 그날처럼 빨간 구두 여자에게 묻고 있다.

"무인도를 가야 할 특별한 이유라도 있나요?"

빨간 구두의 여자가 말한다.

"나 역시 오랜 시간 피항지를 찾아다녔지만 그런 곳은 없었어요. 막상 문제가 생기면 자신을 위한 보호본능에만 급급할 뿐이죠."

빨간 구두의 여자가 망막에서 사라진다. 김현과 함께 있었던 등대가 있던 무인도가 보인다. 나는 바다 위를 걸어가고 있다. 내가 걸어가고 있는 바다 위에는 꽃잎이 폭죽처럼 흩날리고 새의 깃털은 성긴 눈송이처럼 휘날리고 있다. 꽃과 새의 깃털은 바다를 덮을 만큼 아주 많다. 어쩌면 바다 위를 둥둥 떠다니는 그것들은 다시는 진실로 사랑했다는 말을 입에 올리는 일이 없을지도 모를 내 마지막 순결과 순정의 눈물들일지도 모른다.

슬픔도 기쁨도 없는 깊은 잠이 휘몰아치는 걸 느끼면서 나는, 우리 인생은 왜 수천 미터 벼랑 아래로 처참히 떨어져 내린 다음에야 진실을 보게 되는지 알 수 없다는 말을 회한에 잠겨 중얼거린다.

미조(迷鳥)들의 둥지

오늘은 L이 재직하고 있는 H 대안학교 학생들의 졸업식 날이다. 졸업식은 조금 전에 마쳤다. 행사를 마치고 교무실로 들어온 L은 책상에 앉아 유리창을 통해 운동장을 바라본다. 운동장에는 전날 밤 내린 싸락눈이 희끗희끗하다. 학부모와 학생들 속에 섞여 있던 한종수 모자도 운동장 구석에 세워놓았던 차를 타고 교문 밖으로 사라진다.

L이 대안학교라는 이 특수한 공간에 교사로 발을 들여놓은 지 3년째다. 자원이었다. L이 이 학교로 오게 된 것은 우연한 자리에서 비롯되었다. L이 교육 전도사로 있던 교회의 담임목사는 이 대안학교의 재단 이사장과 각별한 사이이다. 담임목사와 이사장이 만나는 자리에 동석했다가 이 학교에 대한 사정을 듣게 되었다. 온갖 문제아들만 있는 곳이다 보니 특별한 신념 없이 의욕만으로 발을 들여놓은 교사들은 오래 있

지 못하고 떠나 버린다. 그런 만큼 좋은 선생을 구하기가 힘들다고 한다. 그 말을 들은 L은 어쩌면 이런 자리에 동석을 하게 된 것도 하나님이 자신에게 특별한 사역을 맡기고자 했던 뜻이 있지 않았을까? 하는 마음에 이곳의 교사가 되기로 결심했다.

원래 이곳은 취업을 목적으로 하는 여고 상업계 학교였다. 컴퓨터가 보급되어 주판은 용도 폐기되면서 학교 이름도 정보고등학교로 바꾸었다가, 그마저 지원하는 학생 수가 현저히 감소하자 현재의 대안학교로 바꿨다. 이 학교의 학생은 두 그룹으로 나뉘어져 있다. 이곳 졸업생으로 인정되는 학력인가반과 졸업은 본교에서 하되 교육만 위탁받은 직업반이 그것이다. 학력인가반의 학생은 배움의 기회를 놓쳐 버린 주부들로 구성되었고, 직업반은 근교의 정규 고등학교를 다니다가 적응하지 못하고 낙오되는 학생들로 구성되어 있다.

학력인가반의 학생들은 30~40대 중반부터 심지어 70대에 이르는 노인들까지 다양한 연령층으로 어우러져 있다. 그들 대부분이 배움에 대한 열망은 있었으나 가난했던 집안 형편으로 인해 교복 한번 입어보지 못하고 사춘기를 보내야 했던 아픔이 한이 되어 있는 사람들이다. 수업 시간이 되면 운동장은 그녀들이 몰고 온 자가용으로 인해 주차장으로 변한다. 배우지 못한 한을 안고, 먹고 사는 데 치중하다가 살 만해지자 그녀들은 돈가방 대신 책가방을 들었다. 늦었지만 배우지 못한 한을 풀고자 모여든 학생들인지라 향학열은 뜨겁다.

반면에 위탁교육 학생인 직업반은 문제아들의 집합체다. H 대안학교가 속해 있는 지역이 주로 중산층들이 사는 곳이었기에 학생들 대부분이 경제적인 그늘 같은 것은 없다. 부모들도 대부분 고학력에 사회적 위치도 높은 편이다. 그런 환경에서 문제아가 되어 버린 학생들에게 필요한 것은 교과서 공부가 아니라 출석일수라도 맞춰 고등학교 졸업장을 받아 쥐게 하는 일이다.

올해 이곳 직업반의 학생 수는 고1- 7명, 고2- 11명, 고3- 12명으로 총 30명이다. L이 처음 발을 들여놓은 해에는 고1 담임을, 작년에는 고2 담임을 했다. 올해는 고3 담임을 맡았다. L이 처음 이 학교에 왔을 때 학년을 불문하고 이 아이들이 정말 사람 구실을 해낼 수 있는 인물로 변화할 수 있을까? 앞이 보이지 않을 만큼 상태가 절망적인 경우가 적잖았다. 학생들 중에는 심성도 바르고 다른 문제는 없으나 학업인지 능력이 부족해 입시 경쟁이 치열한 정규학교에서는 도저히 버티지 못하고 온 경우도 있고, 소심한 성격으로 인해 친구들에게서 왕따를 당하다가 버티지 못하고 온 경우도 있다.

그런 학생들은 이 학교에서는 모범생에 속하는 경우로 부모가 관심의 끈만 놓지 않는다면 대부분 무사히 졸업장을 받아 쥐고 이 학교를 떠난다. 심각한 경우는 인터넷 게임에 중독되어 일상생활을 제대로 하지 못하거나, 폭행 사건에 가담하거나, 본드나 약물중독 경험이 있는 경우, 이성 친구를 잘못 만나 일탈을 한 후 노래방의 도우미를 비롯해 유흥가를 전전하다가 낙태수술을 받은 경험까지 있는 학생도 있다.

그 모든 문제 학생들 중에 L이 가장 관심을 기울인 학생은 한종수였다. 한종수는 작년 5월 학기중에 이곳 대안학교에 왔다. 이곳으로 오게 된 경위는 인근 인문계 고등학교에 다니던 중 한 학생과 다투었다고 한다. 선생이 시비를 먼저 걸어온 상대 학생에게는 관대한 자세를 취하면서 한종수에게는 욕설을 퍼붓고 상담실로 끌고 들어가 문을 잠그고 몽둥이로 팼다고 한다. 선생에게 붙잡혀 들어가 엉덩이에 피멍이 들도록 얻어맞은 한종수는 그 반발심으로 선생에게 주먹을 휘두른 다음, 의자를 들어 상담실 유리창을 부수고 학교를 뛰쳐나와 버렸다고 한다. 그냥 집에서 놀면서 검정고시를 볼까 생각하다가 이곳을 알게 되어 왔다고 한다.

"그렇다고 학생이 선생님에게 주먹을 휘두르고 유리창을 깼어?"

"아, 그거 정말 환상적이었는데……."

한종수는 입맛까지 다셨다.

"인물이 훤한 것이 인상은 그렇게 안 보이는데, 너 심각하구나?"

L의 말에 한종수의 얼굴이 금방 험악해졌다. 그리고 빈정대는 어투로 "선생새끼들 하는 말은 전부 좆나발……." 하고 내뱉더니 L을 삐딱한 시선으로 쳐다보았다.

"그 좆나발이 진짜 나를 팬 이유가 뭔지 알아요? 내가 팬 그 새끼 엄마가 학교운영위원회 위원으로 졸라 이빨 잘 까고 학교에 아예 자리 깔고 살다시피 한다구요. 한 수 더 떠 그 새끼도 지네 엄마 믿고 누가 살짝만 쳐도 쪼르르 달려가 엄마 어쩌고저쩌고~ 꼬질르는 병신 새끼라고 애들에게 찍혀 있는데요. 좆나발들, 그 병신 새끼 엄마 떴다 하면 워커힐 밥상에 봉투 꾹꾹 찔러주니까 잘 데리고 놀아야 할 필요가 있었구요. 우리 엄마는 신학기가 되었으니 당연히 돈 봉투 들고 찾아가 봐야 하는데 나한테 돈 들이는 것이 아까워서 그러는지, 소신 있는 학부형 흉내를 내는 건지 안 찾아가는 바람에 찍혔거든요. 우리 엄마도 그렇지. 좀 아깝기는 하겠지만 수금 좀 제때 해줘 버렸으면 내가 이렇게까지는 안 되었을 텐데……."

그런 한종수의 말에 L이 인상을 쓰며 "생각하는 각도가 상당히 삐딱하네." 했더니 한종수가 예민한 반응을 보인다.

"아, 씨팔, 실망이네. 같은 좆나발이라고 서로 감싸면서 눈 가리고 아웅하겠다 그건가 본데. 괜히 왔네, 괜히 왔어."

한종수가 고개를 옆으로 삐딱하게 돌리고 앉아 주먹으로 탁자를 탁탁 두들겼다.

L은 한종수가 담임선생에게 미움을 받게 된 내막이 단지 그 한 사건 때문만은 아닐 것이라는 짐작이 들었다. 그래서 한종수의 말에 답변을 하는 대신 침묵으로 일관한 채 팔짱만 끼고 앉아 유심히 살펴보았다. 한종수는 몇 번 고개를 들고 여전히 삐딱한 시선으로 L을 힐끔거렸다. 그런 한종수의 눈빛은 적의와 불안으로 가득 차 있다는 것을 역력히 느낄 수 있었다. 한종수는 손으로 입가를 문지르며 말했다.

"별로 기대는 안하지만 여기도 안 다닌다고 하면 자살해 버릴지도 모르는 우리 엄마가 졸라 불쌍해서 당분간은 다녀볼게요."

L도 침묵을 깨고 자리에서 일어나며 말했다.

"내일 10시까지 오면 된다. 여기 이 학교에서 하는 수업 시간표와 학교에 관한 설명이 있으니까 집에 가서 잘 읽어봐라."

L은 그걸 받아 쥐고 상담실을 나가는 한종수의 어깨를 툭 쳐주었다.

L과 첫 만남을 그렇게 가졌던 한종수가 그 후로도 굴곡 많았던 2년 남짓한 사연을 뒤로하고 교문 밖으로 사라지고 있다. 그 뒷모습을 바라보는 L의 머릿속으로 만감이 교차한다. L에게 한종수는 두고두고 잊지 못할 한 명이 될지도 모른다.

오전 10시가 등교 시간이었지만 학생들은 그때까지 나타나지 않기 일쑤였다. L의 하루는 학생들 집으로 전화를 거는 일로 시작된다. "영진이네 집이죠? 영진이 학교 갔나요?" L이 물으면 어머니는 '새벽까지 게임하다가 잠이 들었어요. 아침에 학교 가라고 깨웠더니 엄마에게 졸린 데 깨우고 있다고 욕을 퍼부어 대고는 다시 자는 중' 이라고 말했다. 그리고 잠시 후 어머니는 "이제 그만 포기할까 봐요. 아무리 자식이지만 정 떨어지고 너무 힘들어요." 라고 말하며 울음을 터트렸다. L은 그 울음이 진정되기를 기다렸다가 "어머니 걱정 마세요. 그래도 자기 잘못을 반성할 줄 아는 애니까 일어나면 잘못했다 할 겁니다." 라는 위로를 했다. 그러면 어머니는 지친 음성으로 "잘못했다 소리는 잘 하죠. 하지만 그게 무슨 소용이 있어야지요. 달라지지 않는데……." 하며 울먹인다. L은 그런 어머니에게 "오늘은 그냥 두고 내일은 꼭 좀 보내주세요." 라는 부탁을 남기고 전화를 끊었다.

그리고 다른 학생에게 전화를 했다. "은주 아직 학교에 안 왔는데요." 라고 하면 어머니는 "또……." 하며 한숨을 길게 내쉬며 말했다. "아침에 분명 차에 태워 데리고 가서 교문 앞에 내려놓고 운동장으로 들어가는 것을 보고 왔는데……." 하는 대답이 들려왔다. L은 은주 어머니에게도 "힘내세요." 힘을 북돋아주는 말을 남기고 수화기를 내려놓았다. 은주는 교실로 들어가는 척하다가 어머니의 차가 사라지기를 기다려 다시 학교를 나가 버린 것이 분명했다. 보나마나 비슷한 처지의 남녀 학생들이 주로 모이는 카페에서 히히덕거리며 담배나 피워대고 있을 게 분명했다. 이 대안학교에서만큼은 그런 일은 결단코 특별한 사건이 아니다.

영진 어머니나 은주 어머니에게는 여느 학부형들이 자녀들이 이 학원 저 학원을 뺑뺑이 치는 일을 뒷바라지하느라 힘이 든다고 하면 그건 행복의 비명으로 알고 있다. 통제 불능인 상태에서 학원 뺑뺑이 대신, 접근금지 구역만을 골라가며 뺑뺑이 치며 변화되기를 기다리다 지쳐가는 어머니들은 희망보다는 절망에 관대할 수밖에 없다. 은주 어머니도 통한의 눈물로 나날을 보내고 있다.

L이 해야 하는 일은 그런 자녀들을 둔 부모들이 무슨 일이 있어도 마지막 끈을 끝까지 놓지 않도록 하는 것이다. 또 욕심을 모두 비우고 눈높이를 자녀들에게 맞추어 생각해 보면서 자신들이 자녀를 사랑하는 방법에 문제가 있었다는 걸 깨닫게 하는 일이다. 학생들에게는 자신들이 결코 가정과 사회에서 사랑 받지 못하고 무시되는 존재가 아니라, 누구 못지않게 귀한 자식이고 소중한 존재라는 인식과 함께 자신과 타인을 사랑하는 방법과 자신감을 깨닫게 하는 데 있다. 하지만 자식과 부모 사이에 놓여 있는 오해의 다리를 건너 관계회복을 하는 일은 쉽지 않다.

일상적인 규범을 준수할 수 있는 도덕적 자아와 의지가 현저히 약하다. 따라서 자신의 문제에 이성적으로 판단을 하거나 어려움을 참아내는 인내심이 부족하다. 학생은 사소한 문제 앞에서도 자신감을 잃는다. 부모들의 사소한 꾸지람에도 민감하게 반발의 촉수를 세우며 튕겨져 나갈 궁리부터 한다. 그리고 그 불안감을 해소하기 위한 방편으로 수렁 속으로 빠져들고 만다.

그런 문제에 직면할 때마다 부모들은 대부분 어쩌다 저런 자식이 주어졌는지 모르겠다며 현실을 현실로 받아들이려 하지 않는다. 또 자식들에게 닥친 문제의 시발점이 부모들이 욕심을 앞세우며 무심코 툭툭 내뱉었던 무시의 한 마디나 비교의 말에서 비롯되었다는 것도 인정하기 힘들어 한다. 자식으로 인해 고개를 수그리는 그 자체가 자존심에 상처를 받는 일이 된다.

부모는 부모대로, 자식은 자식대로 불만과 원망을 앞세우며 서로 상처를 주고받는 것을 보면서, L이 꿈꾸는 것은 양쪽 모두 불만이나 원망이 감사와 희망으로 변하는 순간들을 보는 것이다.

학교를 다니기 시작한 한종수는 첫날 보여준 태도로 인해 우려했던 것과는 달리 착실하게 학교생활을 해나갔다. 그 좋은 머리에 다방면에서 소질이 엿보이는 재능들이 이 학교에 있기에는 아깝다는 마음까지 들 정도였다. 체육 시간에 하는 볼링이나 미니당구도 만점을 받아냈고, 그림에도 소질이 있어서 만화를 아주 잘 그리며 노래도 잘한다.

봄 소풍을 갔던 날, 장기자랑 시간에 한종수는 감성적인 발라드 한 곡을 멋지게 불러 박수를 받았다. 학생들이 앵콜을 외쳐대자, 마이크를 잡고 있던 한종수가 혼자 킬킬대고 웃더니 어디서 배운 것인지 이런 노래를 불렀다.

> "우리 어머니 날 사랑한다면
> 내 친구들 다 입은 버버리 옷 한 벌만 사다 주세요.
> 우리 어머니 나에게 하는 말은
> 비싼 버버리 너에게는 아까우니 버버리 아깝지 않은
> 누나 사다 주고
> 너에게는 동대문 짝퉁표도 아까운데 어쩔까? 어쩔까?
> 좋아 좋아요. 나는 좋아요.

우리 아버지 날 사랑한다면
내 친구들 다 신은 구찌표 신발 하나만 사다 주세요.
비싼 구찌표 너에게는 아까우니
구찌 아깝지 않은 형 사다 주고
너에게는 남대문 짝퉁표도 아까운데 어쩔까? 어쩔까?
좋아 좋아요. 나는 좋아요.”

　동병상련– 부모들로부터 칭찬보다는 형제나 친구로부터 비교 당하는 아픔을 적잖이 경험했던 학생들이 대부분이기 때문일까? 한종수는 그 노래로 학생들로부터 인기를 한 몸에 차지했다. 사소한 일에도 화가 나면 전혀 딴사람인 듯 난폭하게 변해 버리기도 했지만, 평소 유머 감각도 있고 성격도 싹싹한 편이다. 그날 그 노래를 부르고 난 후 깔깔깔 웃는 소리에는 시냇물에 말갛게 씻긴 작은 조약돌이 굴러가는 소리처럼 티끌 한 점 묻어 보이지 않았다.

　L이 그런 한종수를 격려하기 위해 “너 알고 보니 멋진 녀석이네.” 칭찬을 아끼지 않았다. 그러자 한종수도 “날 패서 이 학교로 오게 만든 좆나발 보란 듯이 잘 해봐야지요.” 라고 말하면서 씨익 웃음을 보이기도 했다. 하지만 L은 그런 한종수가 대견하면서도 아주 믿을 수는 없었다. L의 눈에 선명하게 보이는 녀석 속에 들어 있는 대형 불발탄이 언제 터질지 모른다는 기우 때문이었다.

　방학 동안에도 수시로 학생들 집으로 전화를 해 상태를 파악해야 했다. 한종수는 다행히 방학 동안 이렇다 할 사고 없이 잘 지냈다. L이 내심 걱정했던 불발탄이 반드시 터지고 말리라는 예측은 기우였을지도 모른다는 생각까지 들도록 믿음의 농도를 높였다.

그랬는데도, 종수는 개학 닷새째부터 학교에 나오지 않았다. L은 자신의 믿음이 너무 성급했던 것 같다는 생각을 지우지 못한 채 수화기를 들었다.

"종수가요. 학교에 가라고 하면 배우는 것들이 애들 장난 같아서 흥미를 잃었다고 하네요."

어머니의 말이었다.

그 말은 맞는 말이었다. 다니던 본교에서 넘겨받은 한종수의 학생기록부에 기재된 기록에 의하면 생활태도는 품행불량이라고 적혀 있었으나, 학과 성적은 미술, 음악, 체육은 1등급이었고 다른 과목도 3~4등급을 유지하고 있었다.

"입시학원을 보내보고 싶은데 그렇게 하면 학교 수업을 아무래도 못하게 될 것 같아 고민중이에요."

L은 학교에서 요구하는 기본 출석수만 채우더라도 양쪽을 병행해 보도록 하는 것이 좋겠다고 말했다.

한동안 한종수가 학교에 나타나지 않아도 어머니의 말을 믿고 결석에 대해 별다른 생각을 하지 않은 채 보냈다.

한종수의 결석일수가 늘어나면서 채워야 할 출석일수에 문제가 생겼다. L은 그동안의 상황도 체크할 겸 학교에 출근하자마자 한종수의 집에 전화를 했다.

"그동안 종수, 공부 열심히 잘 했나요?"

L의 묻는 말에 어머니가 한숨을 내쉬며 말했다.

"종수가요…… 사실은 며칠 전에 그만…… 사고를 치고 말았어요."

"사고, 무슨 사고요? 그동안 학원은 안 다녔나요?"

"아니요. 한동안 학원을 잘 다녔어요. 그런데 며칠 전 학원을 다녀오는 길에 본교에 다닐 때 싸웠던 학생을 만나 싸우고 말았어요. 상대 학생에게 품고 있던 묵은 감정 때문인 것 같았는데, 맞은 학생의 말로는 이유 없이 종수가 길을 가고 있던 자기를 팼다고 하네요. 맞은 학생은 턱뼈에 금이 가 병원에서 봉합 수술을 받았고, 종수는 일을 저질러 놓고 온다간다 말도 없이 집을 나가 연락도 없어요. 애는 어디 가서 무엇을 하고 있는지 모르는데 다친 학생 수술 받은 병원에 매일 찾아가 벌어진 일을 수습하느라고 정신이 없는 중이에요."

"제가 믿고 방심하고 있던 사이 그런 일이 벌어져 있었군요. 실망이 크시겠지만 어쩌겠어요. 아무튼 우선 급한 일부터 수습하시고 나중에 다시 연락하도록 하죠."

L은 맥이 빠지는 걸 느끼며 수화기를 내려놓았다.

"그 불발탄이 기어코 폭발을 했군."

입안이 소태처럼 썼다.

하루 종일 마음이 언짢은 채로 근무를 마치고 퇴근을 하던 길이다. 학교에서 나와 차를 몰고 횡단보도 앞에 멈춰 서 있었다. 한종수가 불량기가 있어 보이는 또래 아이들 서너 명과 지나가는 것이 언뜻 눈에 띄었다. 얼른 유리창을 내리고 "한종수!" 하고 불렀다. 그러자 한종수가 뒤를 돌아보았다. L을 발견한 듯 잠시 난감한 표정을 짓던 한종수가 "저 찾지 마세요. 이제 학교 안가요. 그냥 퇴학 처리하세요." 하는 말을 내뱉고는 아이들과 후다닥 튀어 달아났다.

"야, 한종수! 한종수!"

주위의 시선은 아랑곳없이 소리를 쳤지만 한종수는 이내 눈앞에서 사라지고 없었다.

다음날이었다. 한종수와 친했던 도진욱을 상담실로 불렀다. 도진욱은 본교에서 심한 왕따에 다구리를 당하여 정신분열 증세를 보인 후로 이 학교로 온 아이다. 정신과 치료를 병행하고 있어 지금은 많이 호전되어 있다. 한종수는 도진욱을 제 동생 대하듯 보호하며 감쌌다.

"너, 종수 사고 친 것 알고 있었지? 그리고 지금 어디 있는지도 알지?"

L이 묻자 진욱이 한동안 난처한 표정을 짓고 서서 꿀 먹은 벙어리 시늉만 했다.

"종수가 말하지 말라고 했냐?"

인상을 쓰고 묻는 L의 말에 도진욱은 손으로 목덜미만 긁어댔다.

"혹시 종수가 너에게 빌려달라는 명목으로 돈 뜯어간 적 없냐?"

그러자 도진욱이 당황하며 더듬거렸다.

"아니요. 그냥 제가 줬어요. 밥도 못 먹고 있다고 해서……."

그래 놓고는 아차 싶었던지 손으로 입을 막았다. 짐작대로 도진욱은 한종수와 연락을 주고받고 있었다.

그래서 L은 다시 도진욱에게 물었다.

"종수 지금 어디서 지내고 있는지 알고 있지?"

도진욱은 다시 머뭇거리더니 마지못해 실토했다.

"찜질방에서……."

"어느 찜질방?"

도진욱이 불안한 표정을 감추지 못한 채 찜질방 이름을 댔다.

"종수 만나더라도 너한테 들었다는 말은 안할 테니 안심해. 가봐라."

그날 퇴근을 한 L은 꼭 찾을 수 있으리라는 보장은 없었지만 진욱이 알려준 찜질방을 찾아갔다. 자정 가까이 있어 보았지만 그 사이 다른 곳으로 옮겼는지 시간이 일렀던 것인지 아무리 돌아보아도 한종수는 보이지 않았다. 그래서 다음날은 자정 무렵 집을 나와 다시 그 찜질방으로 갔다.

새벽 두 시가 되도록 한종수는 나타나지 않았다. 홀 구석에 자리를 잡고 누워 있다 보니 스르르 졸음이 밀려왔다. 하품을 연달아 하고 있던 참이었다. 계단 쪽에서 떠들썩하니 소리가 들려오고 있었다. 가만히 들어보니 한종수의 목소리도 섞여 있는 듯했다.

흐린 불빛 밑이었지만 찜질복을 입고 홀로 들어오는 네 명의 청년들 속에는 한종수가 섞여 있는 것이 눈에 띄었다. L은 얼른 수건으로 얼굴을 가렸다. 한종수 일행은 사람이 없는 곳을 찾는지 몇 군데 룸을 기웃거리며 살펴보더니 L이 누워 있는 바로 옆의 비어 있는 작은 룸으로 들어갔다. 그리고 문을 닫았다. L은 문앞으로 바짝 당겨 누웠다. 두런두런 주고받는 이야기가 홀 안의 잡음과 섞여 들려왔다.

"형들과 어울려 술 마시면서 슬슬 인맥이나 터놓고 있으면 일 생길 때 부르거든. 그때 뛰면 돼. 일 없을 때는 운동시키는데 여기는 빡세게 안 해. 부천이나 거창 같은 곳은 산속에 돼지 풀어놓고 칼로 찌르는 훈련 시키거든. 여기서 하는 일도 불법 포장마차를 관리하고 데모대 같은 용역 들어가고 그런 정도야. 너는 머리가 있으니까 형님만 잘 만나면 관리직으로 앉을 수도 있고……."

말을 듣자 하니 한종수와 같이 있는 아이들은 새끼건달 생활을 뛰는 애들로 짐작되었다. 그런 류의 이야기들이 흘러나오기를 한동안, "나

화장실 갔다 올게." 하는 한종수의 목소리가 들려오더니 문이 열렸다. L은 얼른 수건으로 얼굴을 가리고 돌아누웠다. 한종수는 L을 보지 못한 듯 옆을 지나갔다. L은 얼굴에 덮었던 수건을 치우고 자리에서 일어나 앉았다. 잠시 후 한종수가 돌아오는 것이 보였다.

옆을 지나갈 때 L은 한종수를 불렀다.

"한종수, 여기서 만나게 될 줄은 몰랐네."

"어? 선…… 생님, 여긴 어떻게……."

도망갈 곳이 없었기 때문인지 한종수는 당혹스런 표정을 짓고서 엉거주춤한 자세로 서 있었다.

"앉아봐라."

한종수는 체념한 듯 L 앞에 어깨를 잔뜩 웅크리고 앉았다.

"쟤들은 뭐냐?"

"중학교 때 같은 학교에 다녔던 애들이에요."

"차림으로 보아하니 좀 그런데, 뭐하는 애들이냐?"

"그냥 그런 애들이에요."

"아까 너희들 이야기 다 엿들었는데 쟤들 혹시 새끼건달 생활 뛴다는 애들이지?"

"그래도 의리는 있는 애들이에요."

"의리? 어떤 의리?"

"저 집나온 후 밥도 사주고……."

"네가 집이 없냐? 부모가 없냐? 왜 저런 애들에게 밥을 얻어먹고 다니는 거냐?"

"저런 애들이라니요? 저를 욕하고 야단쳐도 쟤들 갖고 뭐라 마세요.

재들 아버지 간암으로 죽거나, 살아 있어도 알코올 중독자로 매일 엄마 패고……. 재들 그렇게 힘든데도 어느 한 사람 재들 편에 서주지 않아 저렇게 된 거예요. 그리고 재들이 날 끌어들이는 게 아니라, 한번 발 디디면 빠져나가기 힘들다고 다시 잘 생각해 보고 학교로 돌아가라고 절 설득하는데도 제가 만나달라고 해서 만나주고 밥 먹여준 잘못밖에 없는데……. 잘못 없이 괜히 나 때문에 그런 소리 듣게 하면 제가 미안해지잖아요.”

“좋다. 그럼 재들 이야기는 빼자. 너 사고친 후 뒷소식은 알고 있냐?”

한종수가 허리를 푹 꺾고 셔츠 끝에 붙어 있는 실밥을 만지작거리며 대답했다.

“예.”

“어떻게?”

“본교에 다닐 때 친했던 애들에게 전화해서 알아봐 달라고……. 수술 받았다고…….”

“어떻게 할 작정이야?”

“아직 잘 모르겠어요. 엄마는 저 믿었다가 다시 실망해서 이제 아주 포기한다고 할 것 같기도 하고……. 아빠는 무조건 무섭고…….”

“그래도 네 엄마 생각할 줄 알고, 아빠 무서워할 줄은 아는구나.”

“당연하죠.”

“그런 녀석이 일은 왜 저질러? 어차피 저질러진 일은 그렇다 치고 피해 다니기만 해서 일이 해결되겠냐?”

한종수는 닭똥 같은 눈물을 주르르 흘리기 시작했다.

“집에 가고 싶기는 하지만……. 어떻게 들어가요?”

"내가 집으로 들어갈 수 있는 길을 만들어 주면, 들어갈래?"

한종수가 손등으로 눈물을 훔치며 L을 쳐다보았다.

L은 주머니에서 휴대 전화를 꺼냈다. 그리고 한종수에게 집 전화번호를 부르라고 했다. 순간 한종수가 주춤하는 기색을 보였다.

"늦으면 늦을수록 집으로 들어가는 일이 더 힘들어질지도 모른다."

곧이어 "여보세요?" 하는 한종수 어머니의 목소리가 들려왔다.

"저…… 종수 담임입니다. 종수, 지금 저랑 같이 있습니다."

L의 말에 한종수 어머니가 화들짝 놀라는 음성으로 물었다.

"지금 거기 어디인데요?"

"종수 바꿔줄게요."

L은 휴대 전화를 종수에게 내밀었다. 종수는 잠시 망설이는 기색을 보이더니 마지못한 듯 휴대 전화를 받아들었다.

"엄마……."

심하게 떨고 있는 한종수의 목소리를 들으며 L은 눈을 감았다.

"잘못했어요. 진짜예요……. 흑흑흑…… 한번만 더 용서해 주시면 다시는 이런 일 없도록 할게요……. 예, 예…… 흑흑흑…… 참아야 한다는 생각은 했는데 그 자식이 먼저 비웃는 말을 하길래 순간 나도 모르게…… 잘못했어요. 집에는 꼭 들어갈게요. 엄마, 엄마? 걱정말고 주무세요. 저 더 이상 말 못하겠어요. 지금은 그냥 전화 끊고 나중에 다시 할게요."

통화를 마친 휴대 전화를 L에게 돌려준 한종수는 엉엉엉 소리를 내어 울기 시작했다. 그런 한종수를 향해 L이 말했다.

"어머니에게 들어가겠다고 네 입으로 약속했으니 나머지는 집으로 들어간 후 생각해 봐라. 일어나서 옷 갈아입어라.”

“지금 당장요?”

“그래 지금 당장…….”

“저…… 10분만 시간을 주세요. 엄마 얼굴 보면 무슨 말을 해야 할지 정리를 좀 해보게요.”

“네 어머니 벌써 다 용서하시고, 너 집으로 들어오기만 애타게 기다리고 있는 중일 거다.”

“…….”

한종수는 한참을 머뭇거리더니 결심을 한 듯 자리에서 일어났다. 그리고 친구들이 있는 룸 안으로 들어갔다. “선생님에게 걸렸어.” 어쩌고 하는 말이 들리더니 “고마웠다. 나중에 다시 보자.” 하는 말을 마지막으로 문을 열고 나왔다.

찜질방을 나왔다. 담묵 같은 어둠을 밀어내고 검푸른 새벽빛이 밀려오는 것이 보였다. 9월 중순이었지만 열대야가 이어지고 있는 늦더위로 인해 새벽인데도 후끈했다.

L은 지나가는 빈 택시를 향해 손을 들었다.

“타자.”

한종수를 안쪽으로 밀어 넣고 L도 올라탔다. 차를 타고 달리는 동안 한종수는 의자 등받이에 머리를 얹고 고개를 옆으로 돌린 채 창 밖만 보고 있었다. 조금 후였다. 드르렁~ 드르렁~ 한종수가 코를 고는 소리가 들려왔다.

‘자식, 이런 와중에 잠이라니…….’

어이없는 나머지 웃음이 나왔지만 그동안의 방황에 지칠 대로 지쳐 있다가 긴장이 풀리면서 몰려온 잠이려니 생각하자 가슴이 시려왔다. 한종수가 사는 아파트 단지가 보였다.

"야, 한종수 다 왔다. 내릴 준비해."

L이 몸을 흔들자 한종수는 눈을 뜨고 창 밖을 살펴보더니 "어?" 하는 말에 이어 입가에 흘러내린 침을 닦았다.

"여기서 세워주세요."

한종수의 말에 차가 멈췄다.

"선생님…… 그럼…… 저, 들어갈게요."

"오늘은 푹 쉬고 모레 학교에서 보자."

차에서 내린 한종수는 몇 번인가 뒤를 돌아보며 아파트 입구 안으로 들어갔다.

L은 운전수에게 "갑시다.' 하고 말했다.

차를 돌려 다시 새벽 거리를 달리는 동안 L은 자신의 과거를 반추했다. L은 학창 시절 내내 요즘 아이들 하는 말로 범생이었다. L의 목표는 S대 법대였다. 그의 친구들 역시 법대, 의대, 공대를 지원하는 우수한 아이들이었다. 녀석들은 숨 막히는 학창 시절 내내 눈도 깜짝하지 않고 학업에 열중했다. 공부를 하는 일 외에는 그 어떤 유혹에도 빠져드는 일 없이 초지일관 자신의 목표를 향해 전진만 했다. 얄밉고 무섭도록 독한 놈들이었다. L과 친구들은 어쩌다 만나면 법관으로, 의사로, 과학자로 이 사회를 좌지우지하는 인물들이 되자며 미래를 향한 청사진을 펼쳤다. 그러나 결과는 친구 셋은 목표했던 대학에 당당히 합격했으나 L은 낙오되었다. L의 낙오는 고2 때 학교에서 총학생회장을 하면서 비롯되었다.

가을 학교 축제를 치르면서 시간을 많이 빼앗긴 만큼 곧바로 학업에 복귀를 했어야 했다. 그러나 축제가 되면 총학생회장들은 각자 학교에서 열리는 축제에 품앗이를 해주느라고 부지런히 쫓아다녀야 했다. 그렇게 해서 친분을 트게 된 총학생회장들이 이대로 헤어지기 섭섭하니 인근 지역 학교의 총학생회장들이 서로 뭉치는 연합회장단을 결성하기에 이르렀다. L의 그런 행적을 놓고 친구 셋은 "의도는 좋지만 우리가 당장 넘어가야 할 벽이 높은 만큼 너무 깊이 빠져들지는 말았으면 좋겠다"는 충고를 했다.

L은 그런 말들을 무시했다. L의 장점이자 단점이란 한 번 손에 잡은 일이란 바닥을 볼 때까지 파고드는 것이다. 그런 성격은 그 일에도 여지없이 드러났다.

그 일에 매여 공부는 소홀한 채 2학기를 다 보내고 말았다.

3학년 첫 중간고사는 L 자신도 놀랄 만큼 성적이 왕창 떨어져 버렸다. 휘청했다. 내신 성적으로는 목표했던 대학은 틀려 버린 것 같았다. 그리고 한 번 추락하기 시작한 성적은 좀처럼 회복되지 않았다. 실망스러워 하는 부모님들의 모습을 정면으로 보기 힘들었던 나머지 방황하는 날이 늘어났고, 마음의 불안을 달래보기 위해 만나기 시작했던 여자 친구 또한 L에게는 또 하나의 덫이 되었다.

성적 부진과 여자 친구에게 헤어 나오지 못하게 되면서 L은 목표했던 대학은 원서도 낼 수 없는 지경이 되고 말았다. 다시 재수를 한다고 해도 합격할 자신이 없을 만큼 자신감을 잃어버렸다. 그럼에도 불구하고 부모님들은 L의 가능성을 무조건 믿고 싶어했다. L의 문제는 부모들의 무시나 불신이 아니라 과중한 기대와 믿음이었다.

이럴 수도 저럴 수도 없는 상황에 몰려 방황을 하던 어느 날 밤이었다. L은 자신도 모르게 다니고 있던 교회로 발걸음을 옮기게 되었다. 철야 기도를 하려는 신도들을 위해 문을 열고 있는 기도실로 들어갔다. 아무도 없었다. L은 십자가가 그려진 벽 앞에 무릎을 꿇고 앉아 소리를 지르기 시작했다.

"하나님, 나 이제 어떻게 해요? 어떻게 해야 하느냐구요!"

한참을 몸부림쳤던 것 같았다. 문득 L에게 들리는 소리가 있었다.

"베드로야, 베드로야, 부와 권력 같은 썩어 없어질 세상적 욕망을 향해 그물을 던지는 어부가 되지 말고 사람을 낚는 어부가 되어라. 사람이 사는 육체의 시간은 잠깐이나 하나님 나라의 영혼의 시간은 영원하기 때문이다."

L은 자신의 귀를 의심하고 또 의심했다. 하지만 그날 이후에도 그 소리는 너무도 생생하게 L의 귓전을 맴돌고 있었다. L은 결국 그 소리를 하나님이 자신에게 특별한 소명을 맡기기 위한 부르심으로 믿고 신학대학에 들어갔다.

그것이 10년 전이다. 그 신학대학을 졸업하고 전도사로 첫 부임을 받은 곳이 이 학교의 재단 이사장과 친분 관계가 있던 담임목사가 있던 교회다. 그러다가 다시 이 학교의 교사로 왔다. 출셋길이 보장되어 있는 법대를 포기하고 사람 낚는 어부의 길로 들어온 지 어느 덧 10년, 그가 낚은 사람들은 한종수처럼 하나같이 상처투성이의 인물들뿐이다. 이제 자신이 이루지 못한 법관에 대한 미련은 남아 있지 않다. 세상적 시각으로 보면 어쩌면 L도 이곳 대안학교의 학생들처럼 무리에서 일탈 혹은 낙오되어 길을 잃고 헤매는 미조(迷鳥)일지도 모른다.

'그래, 우리 모두 같은 미조(迷鳥)인 만큼 한 둥지에서 서로의 체온을 나누며 지낼 필요가 있겠지.'

L은 한종수가 제 생각에 아니다 싶으면 옳고 그름 판단 없이 무조건 들이받고 보는 잘못된 오기 때문에 혹독한 사춘기를 보내고 있는 것이라 생각을 정리하고 결심했다.

'한종수, 널 낚는 일을 포기하지 않겠어.'

하지만 3학년이 된 후로도 한종수는 결석이 잦고, 친구들과 어울려 다니며 여전히 사소한 싸움에 휘말리고 있었다. 어떤 날은 손에 붕대를 감고 학교에 오기도 했다. 하지만 문제가 될 만큼 큰 사고는 치지 않았다. 딴에는 싸움패 애들을 멀리하고 집안에 박혀 지내보려는 노력을 하는 것도 같았다. 시간이 갈수록 겉으로만 건들대며 난폭하게 굴지, 실제로는 약하기 그지없고 유아적인 내면도 조금씩 성숙해가고 있다는 것이 느껴졌다. 학교에서 둘이 담소라도 나누게 되면 진학 문제로 고민하는 모습을 보여주기도 했다. 하지만 결정적으로는 여전히 자신에 대해 자신감을 얻지 못하고 부정적이었다.

"공부를 하기는 해야겠는데 책은 아무리 봐도 글자가 눈에 안 들어오고 머리만 아프고……. 대학도 부모님이 원하시는 것이니까 할 수 없이 생각해 보는데 제가 뭘 하고 싶어하는지, 꿈이 무엇인지 그것도 모르겠구요. 그런 생각을 하다 보면 마음이 막 불안해지니까 눈에 보이는 것 아무거나 팍 부숴 버리고 뛰쳐나가 다시 사고 칠 것 같고……."

한종수는 그런 말을 하면서 두 다리를 덜덜 떠는 틱 현상을 보였다.

"남들과 싸우는 일은 해볼 만큼 해보았으니 여기서 이제 그만 접고 그런 네 자신과 격투를 해봐라. 야곱이 하나님과 싸워 축복권을 따냈듯이 그렇게……."

그 말에 한종수가 픽 웃으며 이죽거렸다.

"야곱이 하나님과 맞짱을 떴다구요?"

특유의 조약돌이 굴러가는 것 같은 웃음을 터뜨렸다.

"응, 인생이란 때로 내게 없는 축복권을 내 것이 되게 하기 위해 과감하게 부딪쳐 볼 필요가 있다고 생각해."

"아, 하나님이 실제로 있는지 없는지 모르지만, 만일 진짜로 있다면 폐인 같이 구린 내 인생도 좀 구원해 주시지."

"그거야 다 너 할 탓이지."

L이 그런 말을 하면 한종수는 따분하다는 표정을 지으면서도 혼잣말처럼 중얼거렸다.

"교회나 다녀볼까?"

"그럴래? 그럼 우리 교회에 와서 성가대 해라."

"그럼 거기 예쁜 여학생들 많아요?"

"많지. 그런데 사귀는 여자 친구 없냐?"

"내가 좋아하는 기집애는 나 쓰레기 같다고 싫어하고, 내가 싫어하는 쓰레기 같은 기집애들은 나 졸졸 따라다니고 그래요. 저 이래 봬도 여자 보는 눈은 무지 높거든요. 우리 엄마도 저 때문에 스트레스 만땅되어 팍 늙어 가지고 슈퍼 짜증 인간으로 변했지만 원래 무지 착하고 미인이셨거든요. 우리 엄마, 다른 사람들과 말할 때는 물 위에 유유히 떠있는 백조처럼 우아한 폼 잡다가도 저만 보면 성질난 잡견으로 변해서 왈왈왈 대는 거 불만이기는 하지만, 여자라면 최소한 우리 엄마 정도는 돼야죠."

"근데 선생들이 하는 말은 전부 좆나발이고 엄마가 하는 말은 왈왈왈이면 네가 하는 말은 뭐야?"

"한종수 가라사대…… 할렐루야……. 아멘."

L은 주먹으로 한종수의 이마를 툭 쳤다.

"아, 아파요. 흐흐흐."

"그나저나 너 진짜 우리 교회에 나와라. 네 어머니처럼 미인 여학생들 많으니까."

"흐흐흐, 이 학교에 오기 전에 교회 전도사 하셨다면서 학생이 이런 말을 하면, '사탄아 물러가라!' 하셔야지, 한 수 더 뜨시면 이거 좀 수상한데요."

L은 흐흐흐 대는 한종수에게 교회의 위치를 가르쳐 주며 말했다.

"기대하고 있을게."

"에이, 선생님도. 저 그냥 해본 말인데 순진하게 제 말 그대로 믿으시면 어떡해요?"

"순진?"

"선생님, 학교 다니실 때 졸라 범생이었지요? 솔직히 얼굴에 '나는 무지 범생이야' 하고 다 써 있는데요, 뭘. 그리고 뒤로는 호박씨 깔 것 다 깠지요? 그러다가 채이고. 여자는 벌써 딴 남자 만나 홍콩 갔는데도 선생님은 내 사랑 아직도 '온리 유'이고……. 흐흐흐, 그림이 다 보인다구요."

"너 혼자 북 치고 장구 치고 나발 불고 춤추는 것까지 다 해라. 다해."

"찔리시니까."

L은 이죽거리며 그런 말을 하고 있는 한종수의 이마를 다시 툭 쳐주

고는 자리에서 일어났다.

다음 주일날 아침, 한종수는 정말로 L의 교회를 찾아왔다. L이 반갑게 맞자 한종수가 조그만 소리로 말했다.

"하나님과 친하려고 온 것이 아니라 여학생들과 친해볼까 하고 왔다니까요."

"아무튼 잘 왔다."

L은 한종수를 학생부 성가대에 소개하고 앉혔다.

교회 생활이 한종수에게 얼마큼 영향을 미쳤는지 모르겠다. 교회에 나온 날보다 안 나온 날이 더 많았으니까. 하지만 고3을 보내는 동안 L은 하루도 빠지지 않고 한종수를 위해 1분이라도 특별기도를 했다. 한종수도 L이 우려했던 큰 사고는 치지 않았다. 그리고 수능시험을 보았다. 머리가 좋은 것을 증명하듯 수학이나 영어 같이 짧은 시간에 효과를 거두기 어려운 과목을 제외하고는 기대 이상의 성적을 얻었다. 지방대이기는 했지만 정시에 원서를 낸 곳 모두 합격했다.

오늘 오전에 있었던 졸업식에서 한종수는 대학 합격증을 손에 쥐고 전교 학생들 앞에서 졸업생 대표로 송사를 했다. 그리고 한종수의 어머니는 학부모 대표로 '여기 있는 모든 내 아들에게 주는 편지' 란 글을 학생들 앞에서 읽었다. 아들로 인해 받았던 마음의 상처가 컸지만 그로 인해 세상을 더 크고 넓게 보게 되었으며, 자식을 진정으로 사랑하는 방법이 무엇인지 깨닫게 되었다는 내용에 이어 여기 있는 모든 아들과 딸들에게 이런 부탁을 하고 싶다는 말을 했다.

"사랑하는 내 아들딸들아, 인생을 그림 한 장에 비유한다면 현재까지의 생활은 밑그림인 스케치에 해당한단다. 그리고 대학 혹은 사회 생활은 채색의 과정이며 결혼 생활은 명암을 넣는 일과 같을 것이다. 내게 주어진 단 한 번의 인생이 보다 좋은 그림이 되기를 원하는 것은 모든 사람들의 꿈이라고 생각한다. 지금 여기 있는 재학생들은 인생의 밑그림인 스케치 과정중에 있고 졸업생은 스케치를 마친 상태이겠지? 너희들이 비록 잠시 겨울 들판에서 길 잃고 헤매는 새가 되어 인생의 밑그림을 잘못 그리고 말았지만 괜찮다. 정말 괜찮다. 재학생은 그걸 다시 수정할 수 있는 시간이 남아 있으니 지우고 다시 그리면 될 것이고, 졸업생들은 채색 과정을 통해 수정을 하면 되기 때문이다.”

울먹이며 편지글을 읽는 한종수 어머니의 목소리가 식장 안을 압도하면서 졸업생과 재학생은 물론이고 L을 비롯한 5명의 동료 교사와 교장 선생님, 그리고 외부 초청 인사들까지 눈시울을 적셨다. 한종수 역시 몇 번인가 휴지를 꺼내 눈가를 훔치고 있는 것을 볼 수 있었다.

그 졸업식도 조금 전 모두 끝났다. 학생과 학부모들은 하나, 둘 식장을 떠나고 있다. 어머니와 같이 식장을 나서던 한종수가 L을 찾아와 말했다.

“선생님, 시원하시죠?”

L은 그냥 씩 웃었다.

“올해는 호박씨 좀 제대로 까셔서 부조금 내게 해주시고, 뷔페 좀 먹여주세요.”

“충분히 고려해 보마.”

“그럼 몸 건강히 잘 계세요.”

“너도 좋은 시간 보내라.”

한종수가 떠났다.

L은 잔설이 남아 있는 운동장 끝 야산 쪽으로 시선을 던지고 헐벗은 나뭇가지를 오르락내리락하는 겨울새들을 바라보다가 몸을 돌린다. 옷걸이에 걸어 놓은 코트를 몸에 걸친다. 먼저 식장을 떠난 동료 교사들과 교장 선생님, 외부 초청 인사들은 진작 인근 회식 장소인 음식점에 도착해 자리를 잡고 있을 것이다.

L은 교무실을 나와 복도를 걸어간다. 저만큼 앞에 작년 10월에 인근 고교에서 위탁되어 온 학생인 명호와 그 어머니가 보인다. 명호는 인터넷 게임에 심하게 빠져 있는 학생이다. 명호 역시 3월 신학기부터 L이 맡아야 할 고3 학생 중의 한 명이다. 그 명호가 어머니와 다투고 있다.

"야, 보기 싫게 건들거리지 말고 똑바로 못 걸어? 내가 자식이 너 하나뿐이라면 진작 자살하고 말았을 거다. 전생에 무슨 죄가 그리 많아 너 같은 자식을 낳았는지 모르겠다."

"아이, 씨팔. 좆 같이 잔소리 졸라 많이 하네. 아까부터 내가 뭘 어쨌다고 자꾸 씨부려."

L은 그런 명호 모자의 말다툼을 못 들은 체 지나간다. 운동장을 걸어가며 앞으로 또 일 년 동안 치러야 할 미조(迷鳥)들과의 전쟁을 허공에 그려보면서 음식점을 향해 발걸음을 서두른다.

어느 광녀(狂女)에 관한 추억

1960년대 말경 서울 변두리 모래내라는 동네에 미친 여자 하나가 떠돌아다니고 있었다.

1

봄날 빠앙~ 기차가 기적 소리를 내고 달려간 철길 위에는 아지랑이가 가물거린다. 사람들은 아지랑이는 색깔이 없다고 말하지만 소녀의 눈에는 빨, 주, 노, 초, 파, 남, 보 무지개처럼 영롱한 색채들이 보인다. 사람들은 아지랑이는 형체가 없다고 말하지만 소녀의 눈에는 무수한 형체들도 보인다. 소녀는 아지랑이를 볼 때 길게 숨을 들이켜 가슴속에 숨긴다. 소녀가 가슴속에 숨긴 아지랑이들은 어떤 날은 마법에 걸려 백조가 된 왕자가 되기도 하고, 어떤 날은 한번 왕자를 보고 사랑에 빠져 물거품이 되어 사라져 버린 인어공주가 되기도 한다.

11살 소녀는 9살 소년의 손을 잡고 아지랑이가 가물대는 철길을 건너간다. 파란 강물에 반사된 햇살이 은하수처럼 반짝인다. 소녀는 소년과 조심스럽게 언덕을 내려가 강물이 흐르는 강변 풀숲으로 간다. 강변은 소녀와 소년의 키만큼 자란 풀들이 무성하다.

소녀와 소년은 그 풀숲을 헤치기 시작한다. 그때 작은 새 한 마리가 깜짝 놀란 듯 파드득 날개 치는 소리를 내며 풀숲을 튀어나와 하늘로 날아오른다. 소녀와 소년은 눈빛을 반짝이며 작은 새가 튀어나온 주변을 열심히 헤친다. 이마에 땀이 송골송골 맺힐 즈음 소년이 소녀를 보고 소리친다.

"누나, 여기 새알 찾았다."

소녀는 소년이 있는 곳으로 달려간다. 소녀는 소년의 앞에 가는 나뭇가지와 지푸라기로 밥그릇처럼 오목하게 만든 둥지를 본다. 둥지 안에는 탁구공 크기에 누런 모래색을 띤 바탕색에 진흙이 묻어 있는 것처럼 검정색 얼룩무늬를 띠고 있는 새알이 들어 있다.

"조심해, 잘못하면 깨져."

소년은 조심스럽게 둥지 안에 들어 있는 새알을 꺼내 소녀의 손 안에 놓아준다. 한 개, 두 개, 세 개, 네 개. 소녀는 네 개의 새알을 조심스럽게 움켜쥔다. 톡 톡 톡…… 소녀의 손 안에 있는 새알 속에서 희미하게 들려오는 소리이다.

"알 속에서 소리가 들려!"

소녀의 말에 소년이 눈을 동그랗게 뜨고 새알 한 개를 집어 들고 조심스럽게 귀에 댄다.

"새끼가 태어나려나 봐."

소년의 목소리는 떨리고 있고 눈빛은 신비함과 두려움에 가득차 있다.

앞에서는 작은 새 한 마리가 소녀와 소년을 바라보며 이리저리 날아다니더니 갑자기 땅바닥으로 떨어져 죽은 척한다. 소년이 말한다.

"우리들을 둥지에서 끌어내 새끼들을 보호하려고 그러는 거야. 꼬마물떼새들은 들고양이나 살쾡이가 둥지 근처에 오면 저렇게 죽은 척하다가도 잡으러 가면 날쌔게 도망가 버려. 그러다가 재빠른 들고양이에게 잡아먹힐 때도 있어."

소년의 말을 들은 소녀가 말한다.

"엄마들은 다 똑같아. 우리가 이 새알을 가져가면 저 엄마 새도 너무 슬퍼서 죽어 버릴지 몰라."

소녀는 주변을 맴도는 어미 새를 걱정스럽게 바라본다. 잠시 소년이 망설이다가 말한다.

"새알을 전부 둥지 안에 넣어."

소녀는 손으로 감싸고 있던 새알을 조심스럽게 새 둥지 안에 넣는다. 소녀와 소년은 아쉬움이 남아 둥지 앞에 쪼그리고 앉는다. 잠시 후다. 톡 톡 톡……, 소리가 점점 크게 들리더니 알껍질이 깨지기 시작한다. 작은 부리가 알껍질을 쪼면서 구멍이 커진다. 마침내 솜털이 젖어 있는 새끼 새 한 마리가 나온다.

"아! 새끼다."

소녀와 소년이 동시에 소리친다. 방금 세상을 향해 나온 새끼 새에게는 저 태양 빛이 얼만큼 눈부신지 궁금하다. 그때까지 어미 새는 근처 작은 나뭇가지에 앉아 불안한 동작으로 종종댄다. 소녀가 소년에게 말한다.

"가자."

소녀와 소년은 풀숲에서 나와 강물이 흐르는 곳으로 간다. 자갈돌을 집어 강물에 던지며 누가 물수제비를 더 멀리 뜨나 시합을 한다. 소녀는 한번도 소년을 이기지 못한다. 오늘도 소녀가 졌다. 소년은 싱글벙글 웃으며 신주머니를 소녀에게 준다. 소녀는 어깨에 빨간 가방을 메고 한 손에는 신주머니 두 개를 들고, 또 한 손으로는 소년의 손을 잡고 강변을 벗어난다.

철커덕철커덕 레일을 타고 기차가 달려오는 소리가 들려온다. 이어 빠앙 소리를 내며 기차가 달려온다. 소녀와 소년의 앞으로 기차가 뜨거운 바람을 뿜으며 지나간다. 소녀는 창문을 열고 밖을 내다보고 있는 사람들을 향해 손을 흔든다. 기차가 멀어진다. 소녀와 소년은 레일 위로 올라간다. 아지랑이가 소녀의 다리를 휘감고 슬금슬금 올라온다. 소녀는 가슴속으로 아지랑이를 삼킨다. 철길을 건너간다. 그때 머리도 감지 않고 다 떨어진 꽃무늬 원피스를 입은 여자가 가슴에 보퉁이 하나를 들고 지나간다. 여자가 노래를 한다.

'연분홍 치마가 봄바람에 휘날릴 때면 오늘도 옷고름 입에 물고 혼자서 넘어보는 서낭당 길에 꽃이 피면 다시 온다……'

노래를 부르다 말고 여자가 소녀와 소년을 빤히 쳐다본다. 순간 소녀는 여자의 눈빛에서 아지랑이처럼 가물거리는 것을 본다. 소년이 소녀의 손을 꽉 잡으며 소곤거린다.

"미친 여자야."

여자가 말한다.

"이것들아, 뭘 봐? 사람 처음 봐?"

미친 여자가 돌멩이를 주워 들고 던진다. 소녀와 소년은 손을 잡고 마구 뛴다. 휴, 한숨을 내쉬고 뜀박질을 멈춘다. 그때 철길 건너편에서 여자의 비명 같은 소리가 들린다.

"이것 놔! 싫어! 싫어!"

이어 남자의 소리도 들린다.

"이 미친년이 앙탈은…… . 너 맞아 뒈지고 싶어?"

"싫어! 싫어!"

조금 후 발버둥을 치며 몸을 뒤로 빼는 여자를 험상궂게 생긴 아저씨가 머리채를 잡아끌고 철길 근처에 있는 굴다리 속으로 들어간다.

2

하루 종일 날씨가 덥다. 가만있어도 몸에서 땀이 흐른다. 소녀의 집 낡은 선풍기에서는 더운 바람만 난다. 하늘이 조금씩 흐려진다.

"윤주야, 엄마 심부름 좀 다녀와라. 가게에 콩나물이 벌써 다 떨어졌다는구나. 네가 시장에 가서 콩나물 좀 사와라."

소녀는 종이인형의 옷을 그리고 있다. 발가벗고 있는 종이인형에게 드레스를 입히려는 데 방해를 받으니 짜증이 난다. 소녀는 앙칼진 목소리로 대답한다.

“엄마가 갔다 와. 오늘 숙제는 산수 나누기 문제 10개를 만든 다음 풀어가야 한단 말이야.”

“비가 올 것 같아. 엄마는 옥상에 올라가 빨래도 걷어야 하고 장독 뚜껑도 덮어야 해.”

소녀는 드레스의 레이스를 그리면서 소리치듯 대답한다.

“빨래 걷고 장독대 덮고 갔다 오면 되잖아.”

그러자 어머니가 목소리를 올리며 말한다.

“저녁밥이 늦으니까 그렇지.”

“치~잇! 언니가 공부할 때는 심부름 같은 건 하나도 안 시키면서 나는 공부한다고 그래도 맨 심부름만 시키고……. 정말로 나는 다리 밑에서 주워왔나 보지?”

“그래. 난 널 다리 밑에서 주워왔단다. 네 엄마가 너를 낳고 도망갔거든. 네 엄마가 여길 찾아와 널 달라고 하면 그동안 키워준 값 많이 달라고 할 거다.”

소녀는 화를 내며 연필을 집어던지고 일어난다. 어머니가 소녀의 손에 돈을 쥐어 주며 말한다.

“이건 콩나물 살 돈이고 이건 너 좋아하는 덴뿌라 살 돈이다. 오다가 먹고 싶으면 한 개는 먹어도 되지만 먼저처럼 두 개씩이나 먹으면 안된다. 언니 벤또에도 넣어야 하거든. 잃어버리지 않게 손에 꼭 쥐고 가. 다른 집 가지 말고 엄마가 잘 가는 그 집으로 가. 그리고 전에처럼 중간에서 친구 만나 놀다 오면 안돼. 비가 올지도 모르니까 우산 가지고 가.”

소녀는 어머니가 준 돈을 손에 꼭 쥐고 집을 나선다. 시장은 멀지도 가깝지도 않다.

길을 걸으면서도 소녀의 머릿속에는 그리다 만 종이인형 드레스뿐이다. 내일 학교에 가면 미란이에게 자랑을 하고 싶기 때문이다. 미란이는 인형을 못 그린다. 선생님은 소녀가 그린 그림을 한번도 빠지지 않고 교실 뒤 벽에 붙인다. 그리고 그림을 참 잘 그린다고 칭찬해 주신다. 하지만 미란이의 그림은 한번도 교실 뒤 벽에 붙여진 적이 없다. 끝까지 마무리를 해본 적도 별로 없다. 소녀는 새로 그려 오린 종이인형을 보고 부러워하는 미란이에게 어깨를 으쓱해 보인다. 소녀는 갖고 놀다 싫증난 종이인형은 전부 미란이에게 준다. 소녀는 미란이 집에 가끔 놀러간다.

미란이는 오빠가 셋이나 있다. 대학생 큰오빠는 말만 들었지 소녀가 실제로 본 적은 한번도 없다. 작년 겨울 짐을 챙겨 절에 들어갔다는데, 미란이는 고시 공부를 하려면 다 그렇게 절에 들어간다고 말한다. 그렇지만 머리를 빡빡 깎은 고등학생 둘째오빠는 공부는 별로 안하고 그림만 그리는 것 같다. 그 오빠는 소녀도 몇 번 봤다. 소녀가 미란이네 집 대문 앞에서 미란아~ 하고 부르면 미란이 대신 그 오빠가 문을 열어준 적이 있다. 미란이 둘째오빠는 소녀를 볼 때마다 "꼬마 왔구나!" 그렇게 말했다. 중학생 오빠는 소녀와 같이 놀아준 적이 두 번 있다. 두 번 다 가짜 돈을 만들어 은행놀이를 할 때였다. 종이인형놀이를 같이 하자고 했더니 픽 웃으며 나가 버렸다.

미란이가 혼자 집을 보던 날이다. 소녀는 상자 안에 들어 있는 종이인형을 가지고 간다. 인형놀이가 싫증이 나면 마당에 나와서 고무줄놀이를 한다. 고무줄 한쪽은 목련나무에 묶고 한쪽은 소녀와 미란이가 번갈아 가며 잡는다.

"이상하고 괴상한 도깨비 나라, 방망이로 두들기면 무엇이 될까? 은 나와라 와라 뚝~딱, 금 나와라 와라 뚜욱 딱."

소녀는 한번도 걸리지 않는다. 고무줄을 넘으면서도 소녀는 여자 귀신들은 머리를 풀어헤치고 입가에 피를 흘리며 사람을 잡아먹는데, 도깨비들은 머리에 뿔을 달고 매일 돈 나오라고 뚝딱대는지 이상했다. 미란이는 계속 술래를 하다 보니 삐친 것 같았다.

"재미없다. 그만하자."

소녀는 고무줄을 걷어 주머니에 넣으며 입을 삐죽거린다. 미란이가 조금 미안한 표정을 짓고 말한다.

"내가 뭐 보여줄게. 집으로 들어가자."

소녀는 미란이를 따라간다. 둘째오빠 방문을 살그머니 열고 들어간다. 미란이가 책상 서랍을 뒤지더니 잡지책 한 권을 꺼낸다.

"여기 볼래?"

글씨는 모두 영어로 쓰여져 있다. 책을 펼치자 발가벗은 여자들의 사진이 있다.

"모두 미국 여자들이네. 우리 엄마가 그러는데 미국 여자들은 밖에서도 발가벗고 다닌데."

거짓말이다. 어머니는 소녀에게 한번도 그런 말을 한 적이 없다. 미란이는 소녀의 손에 있던 잡지를 빼앗아 얼른 책상 서랍 안에 넣는다. 그리고 작은 소리로 말한다.

"날 따라와 봐."

미란이는 소녀를 데리고 다시 마당으로 나간다. 미란이네가 살고 있는 청기왓집 뒤채에는 전에 살던 허름한 집 한 채가 또 있다. 좁은 마루에 방이 두 칸인 집이다. 미란이는 소녀를 데리고 도둑고양이처럼 살금살금 걸어가면서 소곤대며 말한다.

"여기 앉아."

소녀는 미란이와 그 방 창문 밑에 쪼그리고 앉는다. 안에서 이상한 소리가 흘러나오고 있다. 헐떡이는 숨소리와 신음소리다. 그러자 미란이가 살그머니 일어나 돋움발로 창문 안을 들여다본다. "누구야?" 하는 소리에 이어 창문 밖으로 어떤 여자 얼굴이 툭 튀어나온다. 소녀와 미란이는 마구 뛴다.

"야, 들켰으면 어떡해?"

소녀는 얼굴이 새파랗게 질려 있는데 미란이는 아무렇지도 않다.

"괜찮아, 우리가 주인인 걸. 우리 엄마가 그러는데 저 사람들 바람나서 도망쳐 온 거래. 둘이 매일 방안에서 빨가벗고 산다고 엄마가 내쫓는대."

미란이는 그림도 못 그리고 종이인형도 못 그린다. 하지만 소녀가 모르고 있는 것들을 참 많이 알고 있다. 그리고 노래도 잘한다. '인절미 시집가는 날' 노래도 미란이가 가르쳐 줬다. 소녀는 미란이에게 배운 노래를 흥얼거린다.

"인절미가 미가 미가, 시집을 간다고 콩고물에 팥고물에 단장을 하고, 빨간 쟁반 위에 꽃가마 타고, 어서 가자 어서 가자, 목구멍으로 꼴깍……."

노래를 부르다 보니 어느 사이 시장까지 왔다.

시장에 도착한 소녀는 어머니가 가라고 한 집으로 간다.

"아주머니! 콩나물하고 덴뿌라 주세요."

소녀가 돈을 내밀자 아주머니는 돈을 받아 주머니에 넣는다. 누런 종이를 깔때기처럼 만들어서 시루에 있는 콩나물을 뽑아 담는다. 그리고 어묵 다섯 장을 세어 신문지 조각에 싼 다음 소녀에게 준다.

"조심해서 잘 가지고 가."

소녀는 콩나물이 들어 있는 봉투를 들고 걷는다.

그때다. 소녀의 귀에 "이 미친년아, 돈도 안내고 집어가면 어떡해!" 하는 어떤 아주머니의 소리가 들린다. 봄에 철길에서 본 미친 여자다. 그 여자는 야채 장사 아주머니 앞에서 오이를 집어 들고 "나 배고파. 나 배고파." 하는 말을 중얼거리며 오이를 허겁지겁 먹는다. 시장 사람들이 돌아가며 한 마디씩 한다.

"저 미친년이 요새 자꾸 처먹으려고 하는 게 보나마나 애를 밴 것이 분명하지?"

"언놈이 그랬을까? 주리를 틀 놈 같으니라구. 제 몸 감당도 못하는 것이 애를 낳아 어쩌려고……."

"에고, 불쌍한 것. 야, 미친년아. 이리와 봐."

떡장수 아주머니가 부른다.

"너 요즘 속도 울렁거리고 먹어도 먹어도 배가 자꾸 고프지?"

미친 여자가 고개를 끄덕인다.

"불쌍한 신세로 태어났으면 정신이라도 온전해야 할 것 아녀."

떡장수 아주머니가 인절미를 집어 들고 미친 여자에게 묻는다.

"뱃속의 애기 애비 되는 네 서방이 누군지 말하면 이 떡 너 줄게."

미친 여자는 '몰라. 몰라.' 라는 말만 반복한다. 그러자 아주머니가 얼굴을 바짝 들이대고 또 묻는다.

"저기 공터에 몰려 사는 재건부대 양아치들이 그랬지? 한 사람만 그
랬냐, 돌려가며 이놈 저놈이 그랬냐?"

미친 여자는 다시 '몰라. 몰라.' 하며 고개를 흔들더니 떡 한 개를 잽
싸게 집어 입안에 넣고 우물거린다.

"이 미친년 보게나. 이렇게 네 마음대로 집어가는 건 도둑질이야. 돈
을 낼래? 애비가 누군지 말해줄래?"

미친 여자가 말한다.

"몰라. 몰라. 내 눈에는 아지랑이만 보이던 걸."

미친 여자의 말에 떡장수 아주머니가 '허!' 하더니 참 어이가 없다는
표정을 짓고 있다.

그러자 옆에 있던 양은그릇장사 아저씨가 피우던 담배를 바닥에 던
지고 발로 비벼 끄며 말한다.

"아니, 그란께 미쳤지, 달리 미쳤겠는감. 헛것이 보이니께 지대루 미
친 것이지."

떡장수 아주머니가 미친 여자에게 또 묻는다.

"너, 그럼 나도 지금 아지랑이로 보이냐?"

"……."

떡장수 아주머니가 고개를 좌우로 흔들며 묻는다.

"아녀? 그럼 나는 이 떡으로 보이냐?"

미친 여자는 대답 대신 손을 내밀고 말한다.

"줘, 나 배고파. 나 배고파."

"그래, 처먹어라."

떡장수 아주머니는 연신 혀를 쯧쯧 차며 미친 여자에게 인절미 두 개

를 건네준다.

그 말을 들은 소녀는 기분이 이상해진다. 소녀는 아지랑이 속에서 아름다운 무지개 색깔이 보이고 꽃과 새가 보이고, 백조왕자와 인어공주가 보이는데 미친 여자는 반대로 자기의 머리채를 잡고 굴다리 속으로 끌고 들어가던 남자가 아지랑이로 보인다고 했기 때문이다. 소녀는 고개를 갸웃거리며 시장을 떠난다.

3

오랜만에 소녀는 엄마와 같이 시장에 간다. 내일 가을 소풍을 가는 날이기 때문이다. 김밥 재료를 사러 간다. 사람들로 와글대는 시장을 몇 바퀴 돌아다니며 김밥 재료를 산다. 그리고 어머니는 소녀를 데리고 옷가게로 간다. 소녀가 요즘 유행하는 엑스란 원피스를 사달라고 조른다. 소녀는 평소에는 어머니를 조르는 일 별로 없이 혼자 잘 놀고 순하지만, 정말 갖고 싶은 것이나 하고 싶은 일을 못하게 말리면 팔짝팔짝 뛰고 울다가 몸을 파르르 떨고는 얼굴색이 파랗게 변해 까무러쳐 버린다.

"엄마, 나도 미란이가 입고 있는 엑스란 치마 사줘."

몇 번을 졸랐지만 어머니는 못들은 척한다. 그래서 오늘 소녀는 또 팔짝팔짝 뛰며 운다. 어머니는 할 수 없이 사주신다. 어머니와 함께 간 옷가게에서 소녀는 꽃분홍색과 연두색을 번갈아 보다가 꽃분홍색을 집는다.

소녀가 아주 어릴 때 어머니는 치마 대신 바지만 입혔다. 할머니가 그렇게 시켰기 때문이다. 할머니는 입만 열면 어머니에게 "너, 가시나 또

낳으면 어쩔래? 윤주가 남동생을 볼라만 머시마처럼 입혀 놔야 한데이.” 하고 말씀하셨다. 그래서 어머니는 소녀에게 바지만 입혀 놓았다.

그런 어느 날 소녀는 어머니가 어디를 간 사이 바지마다 칼로 좍좍 찢어 버렸다. 기워 입을 수도 없게 금을 긋듯이 좁게 쪽쪽 찢어 놓은 걸 본 엄마는 화가 잔뜩 나 소녀의 종아리를 사정없이 때렸다. 소녀는 매를 맞으면서도 “나도 언니처럼 치마 입을 거야. 언니처럼 접시 치마 입을 거야.” 하며 팔짝팔짝 뛰면서 울었다. 그리고 눈을 허옇게 뜨고 푹 까무라쳐 버렸다. 어머니는 까무라쳐 버린 소녀를 업고 한의원으로 정신없이 달려갔다. 소녀는 침을 맞은 잠시 후 슬그머니 눈을 뜨고 정신을 차렸다.

소녀는 남동생을 둘이나 봤다. 소녀의 집에 다니러 오신 할머니는 남동생들만 예뻐한다. 동생들은 좋았지만, 할머니가 남동생들을 바라보며 “어이구, 우리 손자들 훤하게 잘도 생겼네.” 엉덩이를 두들기며 큰어머니가 할머니 잡수시라고 사주신 양갱을 들고 와 남동생들만 몰래 줄 때는 화가 난다. 소녀는 서운한 마음에 할머니에게 빨리 죽었으면 좋겠다는 말을 하기도 한다. 할머니는 소녀의 머리에서 딱 소리가 나도록 긴 담뱃대로 내리친다.

소녀의 언니는 낮에는 집에 없다. 깜깜해야만 집에 들어온다. 내년에 중학교 들어가는 시험을 치기 위해 매일 과외 공부를 하기 때문이다. 지난 봄 소녀의 집은 난리가 났다. 일요일날이었다. 소녀의 언니가 머리를 감고도 자꾸 머리를 벅벅 긁어서 이상하게 여긴 어머니가 부른다.

“이리 와봐라.”

소녀의 어머니가 언니의 머리칼을 손가락으로 헤쳐 보다가 소리를 지른다.

"어이구 이걸 어쩌니? 이가 있네. 이것 봐라. 콩만한 이가 벌벌거리고 기어다닌다."

언니의 머리칼에서 어머니가 잡아낸 새까만 이는 거짓말 조금 보태면 개미만하다.

"이거 누구에게 옮은 거냐?"

이를 잡느라고 정신이 없을 때 언니와 같이 과외 공부를 하는 경자 언니 어머니가 소녀의 집에 온다. 씩씩대며 하는 말이 누가 이를 옮겼는지 경자 언니 머리에 이가 버글버글하다고 한다. 경자 언니 어머니는 당장 과외를 다른 곳으로 보내야겠다고 한참을 떠들다가 집으로 간다. 소녀가 언니 머리에서 보았던 이를 미란이의 머리에서도 본 적이 있었다. 아침 운동장에서 조회를 설 때다. 미란이의 뒤통수에 햇살이 닿아 반짝이고 있다. 조금 후 미란이의 머리에 커다란 이가 솔솔 기어나오더니 밧줄타기를 하듯 머리카락을 붙잡고 살살거리고 다닌다. 소녀는 그것을 훔쳐보다가 손으로 제 머리를 벅벅 긁어댔다.

소녀의 언니는 매일 공부만 한다. 소녀처럼 종이인형놀이도 할 줄 모르고, 고무줄놀이도 할 줄 모른다. 동네에 누가 사는지도 모르고 무슨 일이 일어나고 있는지도 모른다. 그래서 소녀가 알려줄 때가 많다. 언니는 건성으로 듣고 있다가 다시 책상 앞에 앉는다. 소녀의 어머니는 언니에게 늘 그렇게 말한다.

"윤경아, 네가 잘 해야 네 동생들도 잘 하고, 네가 잘 돼야 네 동생들도 잘 풀린단다."

언니는 어머니의 말을 잘 듣는다. 경자 언니처럼 과외 공부 가기 싫다고 울다가 화가 난 아주머니에게 연탄집게로 얻어맞는 그런 일은 절대로 없다. 하지만 언니가 소녀에게 이런 말을 한 적 있다.

"너는 좋겠다. 언니가 아니라서……. 나는 언니라서 아무것도 내 마음대로 못해."

소녀는 어머니가 싸준 김밥과 삶은 계란, 과자와 사이다를 넣은 배낭을 메고 소풍을 간다.

미란이는 장기자랑 시간에 노래를 부르고 오빠에게 배운 트위스트 춤을 췄다. 선생님들과 친구들이 박수를 쳐준다. 또 상으로 공책을 두 권이나 받는다. 하지만 소녀는 어머니가 싸주신 김밥과 과자만 먹으며 지루하게 보낸다. 보물찾기 시간에도 미란이는 쪽지를 세 개나 찾았지만 소녀는 한 개도 찾지 못했다. 소녀는 보물찾기를 포기하고 나뭇잎을 주워 모은다. 알록달록한 색깔로 예쁘게 단풍이 든 것과 벌레가 갉아 먹은 것 중에도 모양이 예쁜 것만 줍는다. 미란이는 낙엽을 무엇에 쓰려고 하느냐고, 버리라고 말한다. 소녀는 그 말은 들은 척도 하지 않고 낙엽을 보물처럼 들고 간다. 집에 가서 책갈피에 끼워 말린 다음 크리스마스 카드를 만들 때 쓸 거다. 소녀는 동생에게 갖다 주려고 남겨 두었던 과자와 빵이 들어 있는 배낭에 손수건을 조심스럽게 넣는다. 소풍이 끝난다.

멀리 소녀가 사는 동네가 보인다. 동네로 들어가는 초입에는 들판이 있다. 퍼렇게 자란 무청이 초록 융단을 깔아 놓은 것 같은 무밭과 배추밭도 있다. 소녀는 무밭에서 미친 여자가 무를 뽑아 먹는 것을 본다. 무를 우적우적 씹어 먹던 미친 여자가 소녀를 힐끔 쳐다본다. 그리고 웅크리고 앉아 있던 자리에서 일어나더니 먹던 무를 뒤로 감춘다.

“뭘 봐?”

감지 않은 머리는 뻣뻣해 살짝만 만져도 부서져 버릴 것 같다. 걸치고 있는 검정옷도 땟국으로 반들거린다. 미친 여자의 배는 고무풍선처럼 부풀어 있다. 소녀는 미친 여자의 뱃속에 들어 있는 것이 시장 사람들 말대로 애를 밴 것이 아니라 아지랑이가 들어 있다고 생각한다.

소녀는 잠시 망설이다가 배낭에서 동생을 갖다 주려고 남겨 두었던 빵과 과자를 꺼낸다.

“먹어.”

미친 여자가 소녀에게 조심스럽게 다가온다. 빵과 과자를 소녀에게 빼앗듯 낚아채 가지고 도망친다.

4

그날 아침 소녀는 늦잠을 잤다. 겨울방학이었기 때문이다. 쥐죽은 듯 조용한 방안에서 느껴지는 적요는 소녀로 하여금 때때로 낯선 세계에 와 있는 것만 같은 두려움을 느끼게 한다. 그것은 늦잠을 잔 아침보다 낮잠을 자고 일어났을 때 더하다. 소녀는 그 두려움을 박차듯 자리를 차고 일어난다.

마당에 흰 눈이 소복하게 쌓였다. 몇 그루 되지 않는 마당의 나무에도 흰 눈이 덮였다. 소녀가 집안을 둘러본다.

“엄마! 엄마!”

소리쳐 부른다.

“누나, 조용히 해.”

찾고 있는 어머니 대신 동생 소리가 들린다. 동생은 처마 밑에 쭈그리고 앉아 있다.

"거기서 뭐해?"

소녀가 신경질적으로 묻는다.

"쉿! 조용하라니까."

소녀는 영문도 모른 채 입을 다물고 소년을 쳐다본다. 순간 소년이 "앗! 잡았다." 하고 소리친다. 그때서야 소녀는 안다. 소년은 마당 귀퉁이에 바구니 그물을 만들어 그 안에 쌀을 뿌려 놓고 있었다. 바구니에 갇힌 참새 한 마리가 짹짹거리고 있다. 소년은 바구니를 조심스럽게 들추고 그 안으로 손을 집어넣는다.

"잡았다."

소년의 입가에는 회심의 미소가 번진다.

"엄마는 어디 갔어?"

소녀가 묻는다. 소년은 손 안에 움켜쥔 참새에게 정신이 팔려 소녀가 묻는 말에 대답도 않고 그냥 방으로 들어간다.

소녀는 대문을 나온다. 쌀쌀한 바람이 얼굴을 스치고 간다. 저만큼 전봇대가 서 있는 골목 입구에서 사람들이 웅크리고 선 채 모여서 웅성대고 있다. 그 사람들 속에는 소녀의 어머니도 있다. 소녀가 엄마를 부르며 달려간다. 사람들이 쑤군댄다.

"미친년이 애를 낳다가 죽었다네. 이 추운 날씨에 굴다리 속에서 혼자 애를 낳았던가 봐. 애는 탯줄에 목이 감긴 채로 죽었고 미친년은 온몸에 피가 범벅된 채로 죽었다는데, 고물상 양씨 아저씨가 지나가다 보았다네. 어이구, 쯧쯧."

사람들은 연신 '어구, 어구' 소리를 내뱉으며 혀를 찬다.

"세상에 태어나 받은 것 없이 원한만 한 보퉁이 떠안고 갔구먼."

사람들과 그런 말을 주고받던 어머니가 언제 왔는지 가까이에서 덜덜 떨고 서 있는 소녀를 본다.

"얘가, 잠바도 안 입고 여긴 뭣하러 왔어. 들어가."

"엄마도 여기 있지 말고 들어가 밥 줘, 배고파."

소녀가 소리친다.

"알았으니까 들어가 있으래도……."

소녀는 쫓기다시피 해서 집으로 돌아간다.

소녀는 방으로 들어간다. 소년은 참새를 상자 안에 넣어 놓고 들여다보고 있다.

"미친년이 아기를 낳다가 얼어 죽었대."

소년은 못 들은 척한다.

"미친년이 아기를 낳다가 얼어 죽었다니까."

소녀가 목소리를 높인다. 소년이 참새가 들어 있는 상자 뚜껑을 닫고 소녀를 쳐다본다.

"꼬마물떼새처럼 날쌘 살쾡이가 덤벼도 잘만 피하면 살 수 있는데. 바보……."

소녀가 소년에게 묻는다.

"죽으니까 불쌍하지?"

소년이 얼굴을 찡그린다.

"그 여자는 살아 있을 때도 불쌍했어."

"맞아, 살아 있을 때도 불쌍했어."

어머니가 방문을 열고 들어오신다.

소녀가 어머니에게 묻는다.

"엄마, 그 여자 왜 미쳤는지 알아?"

"엄마 말 안 듣고 친구들과 싸우거나 거짓말하고 공부도 안하고 그러면 미친 여자처럼 되는 거야."

'흥, 거짓말.'

소녀는 속으로 어머니의 말을 비웃는다. 어머니는 소녀가 아파도 엄마 말 안 들어서 아픈 거라고 거짓말을 잘한다.

"네 마음에는 착한 요정과 나쁜 마녀가 같이 들어 있는데, 둘이 네 몸을 서로 가지려고 시합을 한단다. 착한 일을 하게 되면 네 몸은 착한 요정 것이 되어 몸도 아프지 않게 해주고 키도 쑥쑥 크게 해주지만, 나쁜 짓을 하게 되면 나쁜 마녀 것이 되어 몸이 아프게 된단다."

소녀가 나쁜 짓을 하면 몸이 아프다는 어머니의 말은 아주 가끔 맞을 때도 있다. 미란이네 집에서 발가벗은 미국 여자들의 사진이 실려 있는 잡지를 본 적이 있다. 창피함과 호기심이 뒤엉킨 마음으로 보았던 날, 또 뒷채의 작은 방에서 들려오던 거친 숨소리와 신음 소리를 훔쳐 듣다가 들켜서 도망을 친 날부터 갑자기 몸에서 열이 나고 아팠다. 그렇지만 나쁜 일을 했다고 해서 키가 크지 않는 건 아니다. 소녀는 언제나 아프고 난 후에 더 많이 컸다. 그때 소녀가 아프고 났을 때도 살이 쪽 빠진 채 입고 다니던 치마가 무릎 위로 껑충 올라가 버렸다. 그 대신 그 다음부터는 그렇게 재미있던 종이인형놀이도 시시해져 버렸다.

소녀는 미친 여자가 아지랑이 때문에 미쳤고 아지랑이 때문에 죽었다고 믿는다. 소녀는 어머니에게 미친 여자가 아지랑이 때문에 미치고 아지랑이 때문에 죽었다는 걸 말해주려다가 그만둔다. 친구와 서로 비밀로 하자고 약속했던 말처럼 왠지 그 말은 소녀만 알고 있어야 할 것 같았기 때문이다. 그뿐만 아니라 미친 여자를 굴다리 속으로 끌고 간 남자 이야기는 어머니는 물론 미란에게도 하면 안될 것 같다. 소녀는 미친 여자의 죽음에 대해 상상한다. 그리고 성냥팔이 소녀처럼 성냥불을 그어 놓고 바라보다가 맛있는 음식을 보고, 아름다운 궁전에서 멋진 드레스를 입고, 가족들과 행복하게 지내는 꿈을 꾸다가 죽었을 거라고 생각한다.

점심밥을 먹고 난 후 소녀는 집을 나온다. 미란이와 집에서 같이 놀자고 약속을 했기 때문이다. 미란이의 집으로 가던 중이다. 쌀가게 앞에 사람들이 모여 서서 무엇인가를 구경하고 있다. 소녀도 호기심에 사람들 틈을 파고 들어가 본다.

고물장수 양씨 아저씨가 손수레에 무엇인가를 싣고 지난 가을 무청이 퍼렇게 자랐던 무밭에 하얗게 덮힌 흰 눈을 밟으며 어디론가 간다. 사람들은 양씨 아저씨가 손수레에 싣고 가는 것이 미친 여자의 시체라고 쑥덕거린다. 그때 쌀집 여자가 대접에 쌀을 담아들고 온다.

"내린 흰 눈은 하루를 덮고 땅의 흙은 한 인간의 일생을 덮는다더니 흰 눈처럼 짧게 머물다 간 서러운 인생, 오늘 흙에 아주 묻히는구나. 살아서는 쌀 한 줌 적선 않고 밥공기 나누어 주는 사람 없어 세상에 두고 가는 원한이 많을 것이지만, 이 쌀 한 줌 줄 테니 저승 가는 길에 받아먹고 세상에서 받은 원한 모두 풀고 홀가분하니 저승으로 가서 편안하거라. 훠이훠이."

쌀집 여자가 공기에 퍼 담은 쌀을 눈 덮인 무밭을 향해 뿌린다. 소녀의 가슴 속에 다시 둥둥둥 북소리가 들린다. 아지랑이처럼 흔들리던 미친 여자의 눈빛도 떠오른다. 소녀는 그 눈빛을 떨쳐 버리려 미란이의 집을 향해 마구 뛴다.

그로부터 많은 세월이 흘러 소녀는 쉰 살의 중년 여인이 되어 있다. 그 여인은 지금 물질이 풍요해진 시대를 살고 있다. 하지만 봄이 되어 대지 가득 아지랑이가 가물가물 피어오르면, 유년의 기억들 중 유독 그때 부풀어 오른 배를 하고 배가 고프다는 말을 중얼거리고 다니다가 얼어 죽은 그 미친 여자가 아직도 거리 어디인가를 헤매고 다니는 착각에 사로잡히곤 한다.

비상(飛翔)의 한계, 그 허무와 꿈꾸기

유금호(소설가 · 목포대 명예교수)

● 선의식(先意識) 속 '날다'의 비극성

오래 전, '조르주 풀레'가 내보였던 명제(命題)의 하나— 한 작가의 여러 작품 속, 공통적 이미지의 추적이라는 '의식비평' 방법으로 포착되는 하나의 예로 독자들은 서기향의 소설에서 쉽게 선의식(先意識)으로 '새'가 가진 상징성을 만난다.

어차피 '새'가 함유하는 '날다'라는 동사는 비극성을 내포한다.

'날고 싶다'가 인류의 오랜 공통된 꿈이라는 데는 별로 이의가 없을 것이다. 그러나 '사람'은 날개가 없어 자체 동력으로 3차원의 이동이 불가능하다. 그것은 오래 전 '이카루스의 날개'가 이미 알려주었던 선험적 경험이며, 30년대 이 땅의 천재였던 '이상(李霜)' 역시 '날개'를 통해 간파하고 있었던 것이 아닌가.

주어진 조건에서의 일탈, 혹은 비상의 염원은 인간의 생래적 욕망이다. 그러나 그 일탈의 결말에 좌절이 전제되었다면 '날다'라는 동사는 비극일 수밖에 없을 것이다.

그 비극의 극복은 어차피 '꿈꾸기'와 무관하지 않을 터.

작가는 소설집 서두의 〈작가의 말〉에서 그 예견된 비극과 꿈꾸기에 대한 속내를 너무 일찍 드러내 보이고 있다.

> …… 사랑과 상처, 만남과 이별, 자유와 억압, 현실과 꿈이 꽈배
> 기처럼 하나로 엮인 이중적 삶 속에서 내 욕망의 지향점을 향해
> 날개를 펴고 창공을 날아보지만 더 이상 갈 수 없어 되돌아와야만
> 하는 터닝 포인트–한계 앞에 있는 나를 보게 된다…….

그렇다면 작가는 선명하게 예견되는 넘을 수 없는 벽을 바라보면서
왜 반복되는 무모한 도전을 시도하는 것인가.
그 해답 역시 그는 〈작가의 말〉에서 미리 고백하고 있다.

> …… 금기의 경계에서 한바탕 사투를 벌이다가 만나는 것이 새
> 다. 나는 내 한계 확장 방편의 하나로 하늘과 땅을 자유롭게 오가
> 는 새가 되는 꿈을 꾼다…….

결국 꿈꾸기인 것이다.
'시지포스'가 산 정상을 향해 바위를 굴러 올려도 바위가 산 정상에
도착하면 어김없이 또 굴러 내려갈 것이고, 똑같이 다시 '굴러 올리
는' 그 비극의 무의미한 노동을 중단할 수 없는 것이 결국 실존인 것
이다. 까뮈의 이 실존적 상징을 서기향 역시 반추하고 있다.
멈추지 못하는 도로(徒勞)의 반복은, 그러나 돌을 굴러 올리는 시간
동안 꿈꾸는 과정의 집중과 몽환의 공간 속에서 일부나마 보상을 받
기 때문이다.

● 단단한 선체험과 상징

소설이 상상력의 소산이라는 상식적인 전제에서도 그 상상력을 지탱해 주는 지식과 체험은 절대적이다. 판타지라고 불리는 영역에서조차 기초적인 이 리얼리티는 전제된다. 이 부분에서 그런 의미의 서기향 작가의 소설들은 상당한 비교우위의 강점을 지니고 있다.

'새'가 가진 염원과 좌절을 소설 속에 투영하기 전, 작가는 이미 '새'에 대한 관심과 경험, 지식의 기반 위에서 작업을 시작하고 있기 때문이다.

그가 실제 '새'를 뒤쫓고, 관찰하고, 카메라에 담는 작업을 해왔다는 것은 하나의 축복이다.

경험의 축적은 작가에게 있어서 엄청난 재산이고, 소설적 장점이다. 한국 작가들에게 약점의 하나로 지적되는 현장체험 부족이 실제 작품에서 리얼리티 획득 실패의 우를 범하는 예는 흔하다. 그런 점에서 체험과 관찰의 축적 위에 상징을 확대하고, 의미를 재생산, 독자의 동참을 유도할 수 있는 능력은 대단한 재산이다.

사실 '탐조소설'이라는 생경한 접두사를 붙여 놓은 것도 직접 체험에 대한 자신감이랄 수 있을 것이다.

● '미조(迷鳥)'의 개념

지구 온난화의 영향으로 생태계 변화에 대한 뉴스들이 최근에는 독자들에게 생경하지 않다. 남방계 식물이 북방한계선을 '쓰나미'처럼 북상해 오고, 바다에서 열대지방 물고기들이 잡히는 현상들 말이다.

새들도 마찬가지다.

겨울에 오는 새, 혹은 여름에 이 땅을 찾는 새들 중 몇 마리가 무리에서 낙오되거나 이탈하여 이 땅에 붙박이로 살고 있는 것이다. 그 '미조(迷鳥)' 모티브가 제도권 교육의 틀을 뛰어나온 대안학교에 조응되어 「미조(迷鳥)들의 둥지」를 쓸 수 있게 하고, 성장소설의 전형을 보인 「어느 광녀(狂女)에 관한 추억」 역시 새들이 일정 시기가 지나면 둥지를 떠나는 이소(離巢) 과정을 알기에 접근이 가능했을 것이다.

「울지 않는 새」의 베트남 신부를 통해 농촌의 한 단면을 직시한 '울지 않는 새'의 '황새' 이미지 역시 조류에 문외한인 작가들에게는 접근이 불가능하다.

"…… 황새가 참 영물인 것이 한번 짝을 맺으면 평생을 같이 허고 부모 새가 늙어 힘이 빠지면 먹이를 물어 날라 봉양을 하며……, 사람들은 그 새를 울지 않는 새라 허더라……. 목울대가 없기 때문이라 허데. 그런디 말이여. 내 생각에는 그 황새 눈알이 눈병 난 것처럼 시뻘건 건 소리 내어 울지 못하지만 니도 나처럼 남 몰래 속울음을 많이 우는구나 싶더라……. 어쩌면 말여, 사라진 황새가 내 몸에 붙어 있고, 수남이 색시 몸에 붙어 날아온 건지도 몰라…….

…… 어디서 날아온 것일까? 내 옆에서 나란히 눈알이 새빨간 황새 한 마리가 날고 있다. 황새는 하얀 소맷자락을 훠이훠이 휘날려 승무를 추는 무희처럼 날개를 휘저으면서……, 내게 말한다……. 이 세상 떠날 적에는 후회보다 웃으면서 갈 수 있을 것 같

지 않여?”

　…… 몸을 뒤척이는 나의 뇌리 속에는 눈알이 새빨간 황새 한 마리만 허공을 훨훨 날고 있다.

　본격적 탐조소설인 「파랑주의보」에서는 괭이갈매기를 찾아 무인도에 들어간 인물들이 섬에 갇혀 버린 실존적 한계 상황을 독자에게 보여준다. 그런데 이 소설에서 흥미로운 것은 그 한계 상황 속의 인물들이 ‘괭이갈매기’의 습성과 동화를 이루는 점이다. 한계 상황 때문에 가능했던 남녀의 정사(情事) 역시 ‘괭이갈매기’와 동질화된다.

　…… 몸에서 젖은 새의 깃털 냄새가 나기 시작한다……. 내 입에서는 괭이갈매기처럼 아르르륵 아르르륵 하는 울음소리가 난다…….

　물안개가 자욱한 바다 어디쯤에서 아루룩~ 아루룩 괭이갈매기의 울음소리가 들린다. 짙은 해무로 괭이갈매기들도 우리 일행처럼 섬 주변 어느 바위 위에 자기들끼리 몰려 앉아 파랑주의보가 해제되기를 기다리고 있는 중인 것 같다. ……

　이쯤 되면 작가는 독자들에게 사람이 괭이갈매기에 동질화하는 것이 아니고, 괭이갈매기들이 캐릭터들처럼 ‘파랑주의보’가 해제되기를 기다리는 역전의 인식을 보여준다.

　새와 내가 하나가 되는 것을 넘어 새가 된 인물들을 ‘괭이갈매기’들이 닮아가는 것이다.

그런가 하면 '검은머리물떼새'를 그린 「꿈꾸는 새」의 다음과 같은 구절도 인상적이다.

새들이 단순한 배경이나 장치가 아니라 이제 곳곳에서 사유와 연상의 키워드로 변용하고 있는 것이 발견되는 것이다.

> …… 비행운이 그려진 지점에서 조금 떨어진 곳에 검은 날개를 펴고 날아가는 몇 마리 새들이 보인다. 조금 전 다녀온 무인도에서 서식하는 검은머리물떼새 무리 중 몇 마리가 먹이를 찾아 해변으로 날아오는 중인 것 같다.
> 문득 그 검은머리물떼새들이 검은 옷을 입은 여자의 영혼처럼 보이더니, 아내에 대한 내 기억 또한 한 마리의 새가 되어 푸드득 날개를 치며 하늘로 솟아오른다. ……

● 절망의 극복을 위한 꿈꾸기

작가는 우리 모두를 얽어 매고 있는 거미줄 같은 굴레들과 앞을 막아선 담벼락을 인지하고 좌절 역시 예견하고 있다.

그러면서도 왜 그는 피로한 '시지포스'의 도로를 중단하지 않는가.

여기에서 잠시 소위 신화비평의 근간이 되는 원형(arch-type)을 떠올려 볼 필요가 있다. 다중의 공통된 꿈의 투사로 발현되는 신화나 전설 속의 이 원형 개념은 본능에 가까운 집단무의식의 소산이다.

그런데 우리나라의 수많은 신화, 전설 중 가장 빈도가 높게 나타나는 전설이 '아기장수전설'이라는 사실에 유의할 필요가 있다.

부분적으로 장소에 따라 미세한 사족(蛇足)들도 보이지만 근간을 이룬 '겨드랑이에 날개달린 아기'의 출생은 공통적이다. 그런데 왜 그 아기장수의 성장과 활동은 중단되는가에 대한 의혹의 환기가 필요하다.

초인(超人)의 출현을 바라는 민초들의 바람과 실제 행동까지의 한계 인식이 바로 우리 민족성의 상징이라는 점이다.

삶은 비루하고 누추하기 마련이고, 그 현실 개혁이 불가능하다는 인지 위에서 그들은 '날개 달린 초인'을 환상으로 꿈꾸었을 것이다.

그러나 그것은 꿈을 꾸는 것으로 족할 뿐, 그 이상의 기대를 접고 있는 것이 확인된다.

날개를 달고 방안을 날아다니고, 곡식 알갱이로 병사를 만들어 그들을 훈련시키는 것으로 장수의 꿈은 종료된다.

더 이상의 이야기 전개는 역모(逆謀)이므로.

민초들의 집단무의식 속에 등장하는 '날개'에 대한 시한적 꿈꾸기에 우리는 관심을 기울일 필요가 있다. 그들은 그 꿈속에서만은 잠시 누추한 현실적 삶과 여건들을 일탈하고 망각하고 싶었을 것이다.

'…… 살아서는 끝내 비울 수 없는 통증과 지울 수 없는 기억 때문이었다는 것 나는 알아요. 모든 걸 다 비우고 지운 지금 당신은 얼마나 높이 날아올랐나요? 지금 당신이 날아오른 그곳도 혹시 내 아내가 믿고 떠났던 그곳처럼 정말로 고통도 슬픔도 없는 그런 곳이

204

맞는가요?'

　나는 고개를 들어 하늘을 본다. 마침 아내가 근무중 탑승했던 적이 있었을지도 모르는 비행기 한 대가 하얀 비행운을 길게 그리며 지나가고 있다. 그리고 그 비행운이 그려진 지점에서 조금 떨어진 곳에 검은 날개를 펴고 날아가는 몇 마리 새들이 보인다. 조금 전 다녀온 무인도에 서식하는 검은머리물떼새 무리 중 몇 마리가 먹이를 찾아 해변으로 날아오는 중인 것 같다.

　날아가는 새들을 통해 환기되는 통증 극복의 이러한 인식 태도는 「극락조를 찾아서」 속에서 윤회적 사유로 확대되어 현실을 극복하는 장면으로 이동된다.

　…… 함께했던 시간들은 새장 안에 갇혀 있던 극락조와 나란히 가두어 놓고 그는 아내와 아이들이 기다리고 있을 집으로 가기 위해 공항을 빠져나갈 것이다. 예정되어 있었던 이별임에도 불구하고 울컥 하고 슬픔이 치밀어 오른다.

　…… 꽃이 되고 새가 되어 만났던 그날 밤이 우리의 전생이었음을……. 천 년, 만 년, 아니 어쩌면 억겁의 세월을 지나 만난 오늘 또 한 잠시 스쳐가는 슬픈 인연이 되어 헤어질지라도 그 꽃잎 그리움의 눈물 되고, 그 깃털 긴 기다림이 되었다가 육신을 벗고 혼백이 되어 우리 다시 어느 새들의 몸을 빌려 환생을 하면 그때는 이별 없는 창공에서 둘이만 아는 지저귐으로 환희의 내 사랑, 마음껏 애무할

수 있으리라는 것을 알았기 때문이다.

　잠시 한순간, 일탈의 사랑에 빠졌던 한 남자에 대한 갈증과 사랑이
'극락조'를 매개로 생과 사를 초월하여 넘나드는 영원의 시간 속으로
이동된다.
　이러한 이동은 '극락조를 찾아서 그 후'라는 부제가 붙은 「내 영혼
그 숲속 한 마리 새가 되어 날고」에서 더욱 심화, 확대되는 양상을 보
인다.

　　…… 새들을 대상으로 삼는 다큐 세계는…… 생명이 탄생하는 경
이의 순간을 접하거나, 솜털이 깃털로 변하는 성장 과정을 지켜보
는 일은 흥미진진한 일입니다.
　　하지만 나는 다큐 아닌 소설을 선택했습니다. 그건…… 내재하고
있는 욕망의 정체나 생의 단면 속에 감춰져 있는 진실을 깨닫거나
밝혀내는 소설이 내게는 또다른 매력을 느끼게 하기 때문입니다.

　　…… 그 숲으로 향하는 마음을 부정하며 다시는 그곳으로 날아갈
수 없는 내가 되기 위해 내 몸에 난 깃털을 뽑는 일을 했습니다.
　　…… 찬란한 빛으로 보이는 그 환(幻)도 깨고 나면 남루한 옷가지
처럼 추해 보이듯 그 숲의 의미 또한 내게 그렇게 소멸해 갈 것이라
고 생각했습니다. 그러나 이 무슨 운명일까요. 깃털을 뽑아 버린 그
자리에는 어느새 새 깃털이 자라 있고 여전히 그 숲속을 향해 날아
가고 있는 나를 발견할 뿐입니다.

어느 순간 새는 객관적 대상물이 아니라 나와 합일되어 주객전도, 내 몸에 깃털이 돋아나고 있는 것이다.

깃털을 뽑는 것으로 상징되는 망각의 염원은 깃털이 돋아남으로 해서 무위에 그치고, 나는 다시 좌절이 예견된 비상의 꿈을 꿀 것이다.

깃털이 돋아나고 날개가 성장해도 날아가지 못할 것을 알고 있는 것에 작가의 생래적 비극이 내재한다.

그러나 메마른 삶에서 깃털이 돋아나는 꿈.

그 꿈이 어차피 몽환뿐이라 해도 우리 조상들이 '아기장수'를 꿈꾸었던 그 의미의 깊은 심연에 작가의 염원이 닿아 있음은 확실하다.

표제작 「새들은 모래를 삼킨다」에서 보여주고 있는 중년의 나이, 자기 정체성에 대한 회의와 깊은 외로움의 문제는 우리 이웃, 바로 내 자신의 이야기라는 점에 별로 이의가 없을 것이다.

가정 구축과 자식들의 미래라는 절대명제 앞에 희생을 감수해 온 중년의 나이, 문득 살아온 삶에 대한 회의와 상실감은 비켜갈 수 없는 오늘을 사는 우리들의 얼굴이다.

그런데 문제는 「새들은 모래를 삼킨다」에서 보여준 외로움의 해결방식이다.

회갑을 앞두고 가출한 남편의 귀가와 화해는 무엇인가. 그 반전을 통한 작가의 화해방식이 결국 한계에 대한 수용이라는 점이다. 새들은 모래주머니가 있어서 소화를 위해 모래를 삼키지만 우리들 역시 삶의 이면, 계속 모래를 삼켜왔다는 언술은 '황새가 속울음을 울어 눈이 빨개졌다는 정서(「울지 않는 새」)와 평행선상이다.

남편의 그 가출이 귀가를 전제로 한 것이었다면 '아기장수' 의 행동 반경이 투쟁까지 가지 못할 것이라는 조상들의 사고를 작가 역시 수용하고 있다고 보아야 한다.

그래서 '새' 의 '날다' 가 잠시의 '꿈꾸기' 일 수밖에 없는 상황인식에 닿아 있는 셈이다.

그러나 그 꿈꾸기마저 불가능하다면 삶은 얼마나 더 비루하고 삭막 하겠는가.

그런 의미에서 작가 서기향은 꿈꾸는 행위에 대해서만은 간섭 받지 않는 근원적 자유를 소유한 셈이다.